八十溯往

启真馆 出品

八十溯往

沈昌文　著

ZHEJIANG UNIVERSITY PRESS
浙江大学出版社
·杭州·

图书在版编目（CIP）数据

八十溯往 / 沈昌文著 . -- 杭州 : 浙江大学出版社，
2025.6. -- （沈昌文集）. -- ISBN 978-7-308-26051-0

Ⅰ . I267.1

中国国家版本馆 CIP 数据核字第 2025CK4876 号

八十溯往

沈昌文　著

特约策划	草鹭文化
责任编辑	叶　敏
特约编辑	刘瀚阳
责任校对	闻晓虹
装帧设计	草鹭设计工作室
出版发行	浙江大学出版社
	（杭州市天目山路 148 号 邮政编码 310007）
	（网址：http://www.zjupress.com）
排　版	上海碧悦制版有限公司
印　刷	北京中科印刷有限公司
开　本	787mm×1092mm　1/32
印　张	6.75
字　数	103 千字
版印次	2025 年 6 月第 1 版　2025 年 6 月第 1 次印刷
书　号	ISBN 978-7-308-26051-0
定　价	59.00 元

纪念沈昌文先生诞辰九十五周年

沈昌文同他的“接班人”董秀玉合影

俞晓群、沈昌文、陆灏

目 录

我唯一的完整学历

一辈子干文化工作，常同文人学士打交道。当编辑有个习惯，遇见初识的文人学士，总要打听对方是在哪里出身的。因为一知道他毕业于某校某系，凭自己的经验，大概可以揣想出他的师承和学派，然后就有话好说了（同时也知道有什么话不能说了）。要是自己熟识这个大学的学术领袖，还给他出过书，效过力，接下去更大有吹嘘的了。

但是，这办法没法用在我自己身上。我除了小学，从来没在某个学校毕过业。说自己自幼失学，也对。可是，同龄人中，大概也没我上过的学校多。一九五三年、一九五四年，为了向党"忠诚老实"，原原本本交代一遍自己上过的学校，当时记得已有十四五处之多。要是把小学、中学及一九五四年后上的学校算上，大概有二十处吧！

前面说过，我完完整整地上过的学校只是小学。除此之外，只不过是为了谋生需要，想学一些技能，在上海滩的形形色色补习学校（上海人叫它们"野鸡学堂"）里瞎混，如是而已。不过就小学说，我上的却是上海鼎鼎大名的。当年叫上海工部局北区小学，现在更名为上海市闸北区第一中心小学。为什么我这个几乎衣不蔽体的孩子要上这样的学校呢？这得从头说起。

我六周岁时起初上的是上海普通的弄堂小学，那里全讲宁波话。我祖母是上海本地人，对这十分不满。在那里上学不到一年，就要我转学。她选择了附近最好的小学，在火车站附近的克能海路（现名康乐路）。凭我们的身份和家产，当然进不去。怎么办？幸好，我的一个亲戚在上海工部局做"大写"，即文员。于是我就冒充他的儿子，算是英国人驻沪行政机构"工部局"的职工子弟，优先免费入学。为了办这手续，我更名改姓。原名沈锦文，现在改名为王昌文，因为这亲戚姓王，他的孩子排行都是"昌X"。从一九三七年起，我为了进这小学，从此姓"王"。不仅此也，我还得同里弄里的一切小朋友绝交，因为他们同我一样住在"棚户"，属"野蛮小鬼"之列，开口闭口要说"触……"。我记得，我平时从来没穿过西式衬衣。为进这学校，母亲连夜用手工给我缝了一件西式衬衣，免得露出土气。

小学六年，平稳度过。在英国帝国主义殖民统治机构办的学校读书，现在应当大力控诉其罪行。但我做不到。原因很简单，这学校名义上是工部局办的，可是主管人员却是著名教育家陈鹤琴先生和他的学生们（大多是陈先生在南京办的一所师范学校来的）。这些老师特别的宽厚仁慈，谆谆教学。过不多久，他们知道我的情况，没有让我退学，反而同我商议恢复原姓——沈。从此，大概从一九四三年初起，我就叫"沈昌文"了（恢复原姓，名字就不恢复了）。

一九四二年底，上海被日本人占领，学校里不教英语了，改学日语。很意外的是，来的一位日本女老师，教学态度特别仁慈。当时日本士兵在上海十分凶狠，老百姓都非常痛恨。可是这位日本女士却同我们小学生打成一片，十分融洽。这也是我毕生难忘的。也因这缘故，我的日语学得十分努力，老师很称赞。

一九四三年中，小学要毕业了。小学校长章印丹先生很挂记我这个穷孩子。他专门把我找去，告诉我，要是我考得进也是工部局办的指定的中学，他可以为我张罗一笔奖学金。原来，当时上海教育主管部门一位元老沈恩孚老先生八十寿辰，收了一笔寿仪，准备将之作为奖学金。我经章先生介绍，专门去见了沈恩孚先生的公子沈有乾先生。他通过审核，给我一笔资助，让我进了也是上海工部局办的著名的育才中学。可惜的是，这笔资助只够一年的学费。在育才中学上到初二，只上了一二个月，家里再也筹不出钱。于是，我只得悄悄地离开学校。所以要"悄悄地"，因为已经在那里白上了几个月学，怕学校追究。

这以后，我就成为一个店员工人，上海街头的所谓"小赤佬"，再也同学生生涯无缘了。当然，有时也冒充学生，同过去小学的同学闲混，但是自己知道，我只是个冒牌货而已。

六年小学生涯，十分短暂，但是它对我的意义非常大。我从这里知道，只要自己肯向上，总会有人相助。以后尽管没上正规学校，可是说来不信，我的古文和英语，大多是一大清早在上海法国公园（现在叫复兴公园）免费学的。那里一位赵老师教《古文观止》，一位丁文彪老师教英语《泰西五十轶事》，都是公开的免费讲学。这大概是我所受的早期文科教育。每天在那里上完课，早上七八点，再赶紧去打工谋生。通过小学的经验，我深知，社会上的有识之士，都是会支持年轻人学习向上的。

学徒生涯纪程

我在最近一些文章中戏称，现今中国大陆存活的出版人，大抵可分三类：老的一代，可以称作"革命型"。他们大多是因投身革命而搞出版，或者是因搞出版而投身革命。他们谈起出版，总有强烈的使命感，大多可以说出许多可歌可泣的献身业绩。最新的一代，可以称为"学者型"。他们多半是改革开放以后的新科学士、硕士、博士……说起出版来，自然要同我辈觉得费解难明的"语言霸权""耗散结构""集体无意识""词义向心"之类语词挂钩，使人肃然起敬。中间的一类人，既可挂在前边，说自己在五六十年代某个岁月就已"投身革命"；也可挂在后边，说自己总算赶上了某个"后……主义"。不过认真说来，若非你今天瞧上去两鬓斑白，人们出于礼貌，语词上稍有尊崇，其实是两边都不会认你。我于是干脆把他们另列一类，称这些人为"学徒型"出版人。

我自己就是一个典型的"学徒型"出版人。

所谓"典型",不只是因为年份关系。我一九五一年"投身革命",也就是到出版这行业中来,可说是此型中较早的一人。也不只是职务关系。我从校对员干起,最后当上一社之"长",诚如"文革"中人们对我的"老底"的"揭发",所谓"夤缘时会"因而"跻身上层"。更主要的,我确实是"正科"学徒出身。十三岁就弃学就业,拜师学艺(不是象征性的说法,而是确确实实在一块红毡条上磕三个响头拜师),如是在社会底层讨生活六年。那时学的不是出版,但倒由此认识好些新派和老派的出版人,同我以后有条件时考进出版社当校对员不无关系。这是我一生中学徒的第一次。

十九岁到四十九岁,一九五一年到一九八〇年,足足在一家出版社干了三十年,大多时间是给领导当秘书。这可以说是我当学徒的第二次。那时的出版,无所谓"策划""营销"……成天嚷嚷和兢兢业业学习和实行的,总的说是"认真"两字。天天费力在认真消灭错字,认真规范写法,认真统一译名,以及认真地把一本书里面文件或经典中没有过的说法消除掉。我有幸的，是给五六位有学问的领导当秘书，于是可以天天听到看到他们除了认真消灭错字以外在别的方面怎样的"认真"，比如说，怎样认真执行"双百"，怎样认真地动员老作家"翻箱倒箧"，把旧作整理出版，尤其是，怎样认真地了解和阅读、研究国外学术信息。看起来，他们在后面这些事上的认真并不符合"认真做好出版工作"的要求。所以，到了一九五九年，其中的一些位挨整了，一九六六年，几乎全都挨整了。我被认为只不过是一个他们的"小爬虫"，幸免于大难，但也由此着实学了不少乖。我还清楚地记得，自己在一九五七年怎样同一位女友一起去参加对一位老领导的批斗会。会后，我同这位女友看法歧异，我显然是被这场面吓破了胆，竭力证明这么批斗的合理性，于是，我们终于分手。要说揭发我如何"夤缘时会"，由是"平步青云"，其实这位女友最有资格，可惜的是，她因长年抑郁，早已不在人世了。

经过这三十年的出版学徒生涯，可以说，我们这一代人，在认真做好出版的各项细枝末节上，在认真执行出版纪律上，的确是做到了前无古人，也恐怕是后无来者。我感谢这三十年可以说是正规的学徒训练。说它是"学徒训练"，在一个意义上并不为过，因为它注重的主要是技艺和服从这两项，同我此前六年里师傅训练我的东西精神上并无很大歧异。但是就我个人说，还要感谢前一阶段六年学徒生涯中师傅给我的上夜校的特许和自由，让我居然混到中学、大学学历，从而得以混迹于知识层中。更要感谢在第二阶段三十年的学徒生涯里，我所侍奉的各位领导的言传身教，让我知道在认真消灭错字以外，还要认真地"睁眼看世界"，要认真了解外国和古人，因此也有了认真掌握外语工具的意向。现在想起来真是奇怪，当我学德语的时候，同学即是当时的首长。白天我管这位领导的用车、出行，开会为他做记录，晚上他同我一起背诵《茵梦湖》，他还老要我帮他纠正发音。

这样，到一九八〇年，当我开始第三次学徒生涯时，一方面觉得种种突兀和惊讶，另一方面也觉得自己已有不少准备，不免暗自高兴起来。

说来惭愧，我是以快五十岁的年龄，在一九八〇年三月，才开始真正地做起出版学徒来，算是进了出版这一行业。此前种种，自然不能过分轻薄，斥为枉度，但怕也只能说是真正进这行业以前的准备。

我在这时开始编《读书》杂志。这个杂志为我打开了一个新世界，让我了解什么是中国当代文化人，什么是我们的文化前景，我们这些出版人的职分何在。这次学徒，学了整十五年。现在可以说，从出版人的角度看，有了这十五年，此生才不算虚过。

《读书》创办于一九七九年四月，等我进去，已经办了将近一年，业绩已经非常辉煌。创刊时一篇《读书无禁区》，振聋发聩。接着又一篇《图书馆必须四门大开》，作者是我的一位前领导，一九五七年挨整以后雄风依然。我以后要做的事，已经不是"创业"，而只是"曹随"罢了。事实上，十五年里，我之所为，也仅止于此。

十五年里，我看到的出版人风格，同这以前迥然不同——尽管人往往还是这些人。他们的主要一条，就是把出版这行业看成是传播真理，而不是只此一家，限制传播。我亲眼目睹这些当年的革命的老共产党人，怎样拍案而起，怎样据理力争，怎样字斟句酌，怎样夙宵匪懈……他们不是异端，而应当说是更忠实的共产党人。当杂志产生风波时，一位老人对我说，我们要相信党中央，相信十一届三中全会，相信十二大、十三大……至于某个部门领导的什么什么说法，你就要自己鉴别了。由此，我常在编辑部内提倡，"相信中央，尊重领导"。对领导，自然要尊重，但不能领导的话句句必信，而要根据中央精神分析鉴别。这是我在《读书》学到的第一招。

一次，一位极其负责的领导派人送来一文，批判某位教授写的咏事诗为反党反社会主义。出版社内一位负责人批示必须发表。编辑部吓坏了。反复讨论，一位老共产党人斩钉截铁地说，《读书》欢迎发表不同意见，但是绝不可打棍子。你们要打棍子，我就退出《读书》。于是退稿。由是，我们明白了"争鸣"同"棍子"的区别，让我这个学徒又学到了一门新的学问。

说到这里，我不得不提到一位老同志——史枚同志。这位老人在一九五七年后即已沉寂，人们不大知道他。《读书》创办时，他任执行副主编。一九八四年，他因某项原则问题同一位极其负责的领导有争论。按组织程序，他当然被认定为犯了错误，并且开会作了结论。那天下午，他同我说了几句对上面提到的某位负责人的情绪很低沉的不满的话，照例挟了一大包稿件徒步回家了。第二天清早，消息传来，老史当晚脑溢血发作，等我赶到医院，已经人事不省。史枚同志虽有"老右派"之称，其实我了解他，是对党的出版事业极其负责的有正义感的人。在干校时，我们一起劳动。虽然备极辛劳，他工余必然要站读马列著作个把小时（很奇怪，他读书时一定要肃然起立，不像我那样欢喜提倡"卧读"）。我第二次当学徒时，一九五一年，他已是编辑部主任，同我的贵贱相去不可以道里计。以后他成"右派"，我们不通音闻更有如许年。但在《读书》共事几年，特别是他临终的那件事，给我极深的刺激。我知道，作为一个出版人，要传播真理，有时还得"死谏"。

办《读书》，全靠一批读书人支持。联络这些读书人，不是易事。按我在五十年代所受教育，这当是出版人天经地义该做之事。当时我的领导提出过"以文会友"的口号，在整个出版社中，提倡经常访问作者。一九五四年，在一位领导倡议下，开了十一次作者座谈会，我参与去吃了十一顿饭，算是盛举。当时访问作者最成功的，是一位张先生，每次访问后必写有专篇访问记送领导，其中分析文化形势，提出写作可能，绘声形色，煞是精彩。可惜，一九五七年此公远戍北大荒，从此什么"以文会友"之类的口号顿绝。六十年代，有领导嘱我联络一些译者，按月付给生活费，实际上还是为上面的"反修小组"干活。"文革"一来，这又变成"招降纳叛"，成为本人一宗不小的罪名。在这种情况下，又说要联络读书人，自然心理负担极重。但是，在《读书》杂志一些老领导人带领下，毕竟是打开局面了。杂志创办之初，陈翰伯、陈原、冯亦代带领编辑，去全国若干主要城市。钱钟书、金克木等著名文化人，便首先是他们这些老辈联络来的。

我的出版学徒生涯，直到二十世纪将尽时才告结束。由于中国的环境、时局，我有幸大半辈子都在学徒生涯中度过。

学习做出版

　　读了一年中学便辍学就业,以后六年,直到来京工作,自学过古文、英语以及一些准备借以谋生的技术,但都说不上多高水平。值得一提的,一九四九年秋考的一家私立新闻专科学校的编辑系夜班,读了近二年,在理论和文化知识上多少打下一点基础。

　　一九五一年春考入人民出版社,至一九五四年夏,做校对工作。这期间,业务上得到三种基本训练:(1)学会写近于通顺的文字;(2)学会阅读俄文书刊(一九五三年始译业务资料,油印后在本部门印发,共约十万来字;一九五四年在本社内部刊物上曾发表其中一篇);(3)学会书刊排校常识。此外,还培养了比较细严的工作作风。

　　一九五四至一九六二年,在总编室工作。这期间可述者有三:(1)开始有学理论的兴趣,起初是领导关心什么自己学什么，临时抱佛脚，免得一问三不知。后来也学会比较系统地探讨些问题，编集点资料，还记得名称的是编过一份关于卢卡奇思想的资料，给领导了。（2）编了一些图书和刊物（主要是内部刊物）。除完成指定任务外，自己认为还多少发挥了一些创造性的有两件：a.参加《列宁全集》和六本列宁语录的编辑工作，曾创议一种方法，可以提高工作效率，提早完成任务。这是小事，所以一提，无非说明编辑技术的革新也还有可为之处。b.编了一本《编辑手册》。这本书说不上有多少价值，但在选材、编排上都还用心，所以在十几年后各地尚有仿编，甚至沿袭它的谬误之处的。（3）业余时间，译了几本书，大约几十万字。兴趣逐渐集中在共运史。还写过一些书刊介绍，也许有二十几篇，殆属"拍屁股"之类，不用细提了。整个说，这还是我学习做编辑工作的时期。

一九六二年调国际政治编辑室，始独立做编辑工作，直至一九六五年下去"四清"。其间有两年时间帮助中宣部出版处《外国政治、学术书籍简报》。我在工作中比较注意抓情报和团结著译者。情报方面，主要表现在我编《外国政治、学术书籍简报》上。前后共编六十来期（共三人编，我为其一，负责俄文书），自己隔一二期写一篇。被认为写得较好的，记得有两篇：a. 评述一本反映苏美合作的俄文书，《红旗》杂志转载了，并发评论。据说那是康生要《红旗》办的，另说康当时也还满意这个简报，这些大概还都不是出于康的反革命需要。b. 评介过一本老修正主义分子王德威尔德的书，《红旗》看后派人来同我说，认为写得不错，希望改一下正式发表，因急于下去"四清"，未办。除此以外，我去"四清"前，曾就如何做俄文书的情报工作在社内做过一次总结发言（现存提纲），又到新成立的国际文献研究所做了一次讲话，介绍有关经验，反应尚好，有人听了后来信说要拜我为师云云（不过一年之后，"文革"中，这些同志又来我社贴出长篇大字报，指责我放毒，把我吓得半死，这是后话）。我自问还了解苏联出版业的布置、格局和动向（当时的），由此着手去抓情报，自可补某些专家之不足（非专家不能为此，但他们不屑为）。三四年里，写过不少审稿意见和书的前言，自问内容尚中肯綮，但写得深刻而有学术内容的还举不出来。业余著译，其时基本停止，全身心做编辑工作了。

十年动乱，业务上无可足述。两次去干校（后一次是在一九七六年后，但很多做法和思想未变），倒促成我读了点书，理论知识水平有所提高。

一九七一年至一九七四年当编辑室头头，搞历史。我出点子搞了一套"《学点历史》丛书"，那是极"左"思想的产物，但当时倒还是以严肃态度来进行的，做法是集中出一批选题（几十个），编一个内部刊物《组稿通讯》加以推动，邀集一些专业工作者和水平高的编辑为后盾，组织工农兵参加写作。除后一点外，其余的做法都是在人民出版社传统办法基础上损益而成，也还有可取之处。后来老同志自干校返社，主张编印中国历史的基础读物以及老一辈文学家的著作，工作渐入正轨，惜乎好景不长，不久就开始批林批孔了。

一九七八年起当翻译编辑室头头，迄一九八〇年。搞翻译书虽是熟手，情况却已大变了。起初也抓情报，编内部刊物，组织译者队伍，想还用这一套做法来收大效。编了一个内部刊物《译讯》，一个人从组稿到校对付印，很卖力气，也很有人要看，但是后来发现，当时编辑室的主要问题是稿多人手少，局面打开得越大，矛盾越突出。出版内部刊物不仅无助工作而且是火上加油。于是停止出内部刊物，不再组织翻译队伍，转而着手组织社会力量加工书稿。定了一个办法，做了一阵，小有成效而不显。再研究原因，发现内部人手委实太少，连组织社会力量的人也不易抽出，原来的估计还是高了。于是再转而解决内部人力的问题——然而，这块"老牛肉"我是啃不动了。悠悠三载，在这种不断碰壁以及因而引起的埋怨、烦恼、伤感中度过。不能说我做过的工作毫无成效（特别是当时编辑室的其他主持人和具体工作同志，都是有不少成绩的），如上举《译讯》及试行组织社会力量，还有搞外国友好人士的著作，找一些同志来传布经验和带年轻同志等，然而作为一个编辑室的主要负责人，我不能不对这几年的业务情况表示遗憾。

一九八〇年中主持三联编辑室，主要编《读书》杂志，迄今一年有余。鉴于在翻译书籍编辑室的教训，现在是大大地约束自己，很多事情不敢造次。一年多来，除了完成日常任务（发了十九期杂志的稿件）外，做了两种努力：一是尽量保持它已形成的传统，不敢在我辈手里完全变样，另一是尽量防止政治失误，跟上形势。后一方面，显然没有圆满完成任务，但是已经防止的失误总比遗留的多，这还可勉强告慰。详细情况，这类太近的事靠自己不易准确总结，留待过些年再来回顾吧。

从事编辑出版工作近三十一年，总起来看，前十四年是打基础、学习和尝试独立从事编辑工作的时期，这阶段精神状态较好，成绩也略多些。后一些年，当了负责人，因为十年动乱，也因为思想不能适应形势，成绩并不很多。当然，说辛苦也许是后一时期为甚。此中甘苦不是业务自传里所该说的。

我是没受过系统的高等教育的"畸形"编辑，对编辑工作的体会，只能就自己的角度略为说一点。

（1）注意打基础。因为没受过系统教育，基础知识和技能往往不够，必须趁年轻来得及的时候及早补足。我做过四十个月的校对，八年秘书，虽然并不是直接做编辑工作，但校对期间得到的基本训练（中文、外文和出版知识），当秘书期间学习的理论、文化知识和编辑技能，在此后二十多年里使我受用不尽。当校对时，我是认认真真地当校对像上大学一样认真对待的；当秘书时，我特别注意学习、研究有经验的编辑处理书稿的方法和本领。要是这期间心猿意马，不下扎实功夫，像我以后那样始终没有机会再上一天学，乃至连规定的一个月学习都没有可能享受，就更难胜任工作了。

（2）博与专的问题。当了一个时期编辑后，谁都会苦恼自己太芜杂。的确，随着出版工作的发展，编辑工作分工会越来越细。不过，无论如何，编辑这行业决定了它是一种"杂家"的工作，不可能像研究所的工作那么专门。假如要成为那样的专家，只会永远苦恼自己。编辑只是一个组织者，各种各类学科都有一定涉猎，而对宣传方针和政策较为熟悉，这样，即使你对某一学科的专业水平低于作者（一般都是如此），也往往能对书稿提出中肯意见。编辑当然要做研究，写文章，但不宜过分纵深，而是从横方面探求各学科的联系和共同的问题，较易讨好。我个人在这些方面，做得很差，所说的境界，也只是"心向往之"。但是，"杂览"这习惯始终保留，觉得对做好工作还是有益的。

（3）编辑必须善于组织、动员著译力量。我以为做好这方面的工作，关系比审好一部书稿来得重大。这涉及编辑、出版工作的宏观方面。有了这个基础，书稿质量也往往容易得到保证。当然也不能片面追求数量，多多益善。

我个人在近年来的工作中或有此弊，这是另一问题。就编辑工作本身说，我认为还是要抓住选题到组稿这一环节，这里的工作做开了，做细了，给以后带来很多方便。我社五十年代曾再三提倡"把编辑工作提前"，即着重前面的环节，我是深受其惠的。

（二十世纪八十年代写的工作报告）

我和因是子老前辈的因缘

　　一九五四年前后，我因为情绪太坏，加上用功过度，身体很坏。这具体肇因于在这前几个月，出版社人事部门的头头以我过去在上海做工人时为了谋生，曾经替人造过假账，现在要遣返我回上海老家，换句话说就是开除。我很恐慌。为留在北京工作创造条件，我想努力翻译一些苏联出版方面的"先进经验"，表明我的"先进性"。我在新中国成立前受地下党员的影响，俄语学得比较早。为出成绩，那时我用功的程度很难形容，加上心情郁闷，所以很快就得病了。三个症状：一是神经衰弱，失眠，一个晚上只能睡三几个小时；二是肺结核，右肺有阴影；三是关节炎，南方人适应不了北方的气候，两膝酸麻异常。当时我很想请假去上海看病，正好社里有一项业务，就是郑易里的《英华大词典》修订本需要到上海去补排版。校对科长严俊对我很好，知道我病了，就以我懂一些英语为理由，安排我到上海出差，一边工作，一边养病休息。

我在上海住了几个月，其间很得意的一件事，也是终身受益的事，就是我学了气功。人家给我介绍认识了一位老先生，叫蒋维乔，字竹庄，道号"因是子"。他当过江苏省的教育厅厅长，是上海滩文化界的有名人物。他当时已经有八十来岁了，在上海大沽路有个诊所。他的功法初听上去非常简单，不讲什么外功内功等等，乱七八糟的更是没有，起首只有一条，就是"意守丹田"。怎么能"意守丹田"呢？这一点我学得很得意。他讲的一句话我能落实，就是"破除我执"。他认为，越是"执"于自己的某一点，就越不能成功，所以要放松。放松之后，把注意力集中在肚脐之下一寸三分，老是想着那儿，那儿就会发热，一旦发热了，就是所谓"得气"了。然后，你就按着书上讲的经络路线，把得的气引导到一定的穴位上。需要治哪个部位，就让气走到哪个地方。

我从他这里得到的教益，最主要的还不是治身体上的病，而是治心理上的病，就是倾听他的高论。蒋先生先同我谈"止观"，然后引入"我执"。所论种种，我这个二十来岁的小青年闻所未闻。从上海回来以后，我就遇事想得开了。人人都有天地，我只是尽我的努力，至于能做到多少，那就不是我的事情了，就是上帝或者是谁谁谁的事情了。这一来，就能免除自怨自艾的心态。自怨自艾损失最大，而且损失的是自己。这使我茅塞顿开。我过去有那么一股进取之心，可我只知进，不知退。他告诉我，要进还要顾退，你才能有真正的进步。

哎呀，真是的，若是没有他告诉我这一点，我可能以后就毁了。我当然还是要进，但是不再刻意去追求眼前当下的效果了。有没有效果，除了自己努力，还有个"缘"的问题。你当然要做准备，一边努力，一边等那个"缘"到来。不然缘来了，你没有准备，就错过去了。一个人，总是会碰到一些缘分的。你可能碰不上这个缘，可是那个缘会到你的身边。一个人，绝不能老抱怨，不能老去忖思怎么缘总也不到我的身边呢？经过这么一开导，真是让我得益呀！尽管他跟我几次讲话的时间都很短，但是我听进去了。后来他跟别人讲的时候，我也很注意听。对他我是非常崇拜和感激的。

回北京后，我同蒋老前辈还不断通信，他继续给我指点。后来，协和医院开了气功门诊，教的就是蒋先生倡导的"小周天"。我本来住在协和医院附近，自然成为了这门诊室的积极分子，让自己又往前走了一步。但是，我这人喜欢瞎"创新"。有时候，入静不了，我想应该把革命意志结合进去，于是就在做气功一开始就背诵自编的领袖语录："下定决心，不怕牺牲，排除万难，去争取入静。"想用这办法"入静"，结果适得其反，让自己变得更烦躁了。我不知道这是不是"走火入魔"。后来协和医院的大夫劝说我终止了这做法。

我的周围，特别是我的领导，都不相信这玩意儿，有人甚至认为我走了邪路。我后来只同最熟悉的同事如刘元彦先生（刘文辉的幼子）经常谈论这类事，对别人不再说起。但是按照蒋先生的教导天天练显然对我起了很好的作用。再加上别的治疗，我的身体慢慢好起来了，著译也慢慢出笼了。不知怎么一来，上面因而把我评为"青年社会主义建设积极分子"，又几次调动工作，当上社领导的秘书、编辑室的骨干。"缘"真的驾临到我身上来了。视我为上海来的"坏青年"的人事部门领导从此不再敌视我，至多遇到下乡、劳动等机会总要我"带头"，让我多吃些苦，促进我的自我改造。我也不以为忤，积极响应。如是，过不了几年，我自然就提干入党了。

如是过了好几年，直到一九六六年"文化大革命"。那时我尽管也受到冲击，但心情也还平和，私下还练气功不辍。但是过不多久，在红卫兵印售的毛主席早期著作选里忽然读到一篇《体育之研究》，其中专门点名批评了蒋维乔先生。原来那时他的师友杨昌济、蔡和森、张昆第等先生积极提倡气功，毛主席不以为然。他明确指出："近有因是子者，言静坐法，自诩其法之神，而鄙运动者之自损其体。是或一道，然予未敢效之也。"另外还不同意他的"废止朝食论"。尽管这是毛主席老人家中学生时期的作品，但是那时红卫兵宣扬得很厉害，认为它已实际上同马克思主义关于生命的原理一致。这一来，吓得我更不敢同人谈气功了，但是自己私下还是勤练不辍。而且，我自忖，从蒋先生那里学来的哲学，在阶级斗争年代以自保特别管用。

蒋先生当年也有著述，我买来读过。但我总想读他过去的原著。二十世纪末我有缘去台湾，专门去台北牯岭路旧书店搜淘一过，发现那里各种版本的蒋著都有。我买了几个版本的《因是子静坐法》，但是找不到《废止朝食论》。

后来上海的陆灏先生得讯，居然设法找到此书，送我一本。这来，我大概配齐了蒋先生的有关著述。但我至今仍然不敢同人妄谈气功，只是把我到手的蒋著复印了不少，赠送亲友。其实，蒋先生的理论，今天已经有不少人在说了。我读过一本专著，谈生命的本质在于静止。最近有位有心人翻译了日本渡边正的专著《早餐的革命》，广告词是："提倡不吃早餐，颠覆传统的早餐理论。"这不正是蒋老先生的"废止朝食论"吗？（顺便说一句，我虽然服膺蒋老，然而至今每天吃早餐如故。这因为我们上海的宁波帮从来崇信一个格言："天亮饱，一日饱，娶个老婆一世好。"从小如此，改不了了。另外蒋先生当面没同我说过此事。这是我练"小周天"十几年后才知道的。）

蒋维乔先生除了研究气功外，更是大编辑家、出版家，是我的行业的著名前辈。可惜我当年一无所知，失去了请益的机会。更有意思的是，影响我很深的几位老先生，都是上海中华职业教育社的，跟黄炎培他们一起的。蒋维乔先生是，那位给我中学第一年奖学金的沈恩孚先生，也是。他让我现在总算可以在履历表里把毕生的正规学历填到初中一。甚至我一辈子心仪而从未见过却往往冒称是他

"事业继承人"的邹韬奋先生，也是职教社出身的。当年的上海滩，就是这样人才辈出，而我这小上海，都失之交臂了！只是好歹学到了蒋先生提倡的气功，让我这病病歪歪的身体，还能活到近八十岁的今天，算是大幸！

二〇一〇年二月

我与三联书店的三段因缘

我的出版生涯，同三联书店密切相关。打从十五六岁起，生活书店（三联书店的前身）就是我的偶像，我的憧憬。但是，尽管我千追百求，当年我无缘成为它的员工，进不了它的大门。几十年后，我行年五十有余了，因缘时会，我忽然成了北京三联书店的第一把手——总经理。这里说说其中的故事，也趁便谈谈三联书店近几十年来的变迁史。

小"仆欧"眼中崇高无比的三联书店

我一九四五年十四岁光景就失学进银楼当学徒工。才一年多，中国的大局势有了变化。一九四七年前后，蒋经国到上海"打老虎"，不久禁止黄金买卖。于是银楼就关门了，店员都遭散了。在这种情况之下，老板考虑到以后可能还有复业的希望，就把我留下。我没正经事，只伺候老板和他的朋友们天天饮宴和打牌，成为一个十十足足的上海滩的小"仆欧"（boy）了。

我没有工资，一无收入，直到一九五一年三月。现在来看，有这几年经历倒也好。第一，我趁伺候人的机会认识了一些人，特别是进步的文化人，以及当年的生活书店员工，这关系到我今后的发展。第二，我有了时间上夜校，做一个半吊子的学生，为解放后进入文化界创造了条件。这两点，使我成为现在的沈昌文。

老板的表弟贺尚华，是生活书店出身的。来上海后，自己在上海四马路开了一家"上海书报杂志联合发行所"。没开的时候，邮件都托我这小鬼收转。我经常收到解放区寄来的书报，大开眼界。有一次，读到寄来的《李有才板话》，是我接触到的第一本中国红色文学。贺先生自己的店开业后，我也常去。

贺先生曾经带来不少朋友，我印象最深的是一位黄宝瑜女士。这位女士也是生活书店出身的，那时在上海经营一家耕耘出版社。他们常在饭桌上谈论业务，以及生活书店的往事。黄女士谈锋颇健，常常让我旁听得入迷。她的先生，一个四川人，食物非辣不能下咽。这就苦了我这仆欧——他一来，就要我上街去买什么"鱼香肉丝"。这也是让我难忘的。

老板让我伺候的人各种各样，就政治身份说，有国民党，青年党，更有大量的共产党。后来我发觉来的人中间，共产党的越来越多。宁波有一个地方叫四明山，据说新四军被打散的时候有一个"三五支队"退到这个地方，所以以后宁波人就称共产党人为"三五"。老板有个堂兄叫赵鸣皋，据说就是"三五"。他就住在这家银楼里，常常同我们谈时局，对我们很有启发。他也常要我读生活书店的书刊。真也凑巧，那时的生活书店就在离我做工的商店不远，吕班路上。于是我常去浏览。那里有卖好看的书，我最喜欢一套"青年自学丛书"，对其中沈起予先生写的《怎样阅读文艺作品》特别入迷。后来据说，沈起予就是夏衍老。

在我自学的长途上，对我帮助极大的还有一位是店主的弟弟赵振尧先生。他一九四六年前后自大后方来上海，看我喜欢书本，常勉励我。一次，他把当年我接触到的第一本新文学方面的书借我看。那是骆宾基写的《萧红小传》。我由此才知道新文学，想起初中一年级时语文老师陈汝惠先生提到过的一些人。后来，振尧先生为上海书报杂志联合发行所编校一本讲希腊神话的书，要我做些抄抄写写之类下手的事情，由此我才知道什么是编辑出版工作，并且喜欢上了它。

还可以讲一下我同著名的台湾女作家於梨华的结识。老板的一个同乡叫於升峰，留法的化学家，一九四六年从大后方到上海，要转道去台北，借住在老板店里。於先生的大小姐梨华小姐跟保姆说要找书看。他们说我们这店里没书，只有楼下的小屋子里边有个小鬼他还有一点书。大小姐屈尊专门来找我。我记得借给她看的是生活书店的"世界文库"。那是我从废物堆里捡来的，不知是哪位贵宾留下的，自己正在愁看不懂。我把我所有的品位最高的书借给她，於小姐见到这书，一定以为我是有学问的人了。

在这样的氛围下，到上海解放前后，我就自居为"文学青年"，开始不多看流行的小报，而读《文汇报》和《观察》，至多看看《东南日报》。也买了《生活日记》，喜欢得要命，很想写些什么。

从《生活日记》和生活书店别的一些书刊上知道他们在香港办了一个持恒函授学校。据介绍，那里的老师都是我素所仰慕的民主人士，如孙起孟、葛琴、邵荃麟等。我非常想进去。不过当时我在学无线电收发报和俄语，钱都交了学费，再也凑不出钱，于是报了名没有去汇交学费，无法入学。

一九四九年刚解放不久，听说三联书店（生活书店的新名称）在招收员工。我满怀热情，写信去报考。那时以为，像三联书店这样的进步单位，一定会欢迎我这个"自学成才"的工人。于是在报考的信中把自己的"自学"经历和打工生涯刻意描述了一番，又把我对生活书店的憧憬大大张扬了一下。我以为，三联书店一定会欢迎我。不料三联书店给我一个回信，说是本店需要的是大学生，不需要工人。我于是满头灰气，只得另筹出路。当然，三联书店那时投考要求上是说得很清楚要招的是大学生，一切是我自作多情。

但不论如何，我同三联书店的因缘，从四十年代中结下，但到五十年代初又断了。

"名存实亡"的三联书店给我的启蒙教育

一九五一年三月，我吸取经验，不再张扬自己是工人，弄了一个大学生的身份考进了人民出版社（北京），当校对员。从此，我以为自己同三联书店无缘了。但事情真凑巧，就在那一年，三联书店合并到人民出版社来了。

这种合并，明显的是学习了苏联出版工作的"先进经验"。我不知道那时领导层对此有没有不同意见。就我在下面看到的，几乎是一片赞同声。这样，三联书店名义上成为人民出版社的"副牌"，实际上是不存在了。我本人那时正在积极贩卖苏联经验，以此作为"向上爬"的本钱，自然对此一无异议。

合并以后，对我来说，一个最主要的好处是，我可以常常去原来属于三联书店的韬奋图书馆看俄文书。那里俄文书真不少。还有许多五十年代以前的书，据说都是苏联人赠送的。我后来找了一两本谈出版的，学习翻译过来。这使我不久以后被评为"青年社会主义建设积极分子"。这个图书馆后来销声匿迹了。我现在恰好住在北京东城区外交部街三联书店旧址中这个图书馆的楼上，经常念及三联书店这一往事，不胜感慨。

三联书店真的就消失了？不。没有多久，情况忽有变化。一九五四年中，人民出版社收到一个中央文件，名：

《关于改进人民出版社工作的决定》。我借当时担任秘书工作之便，至今还保存了一份上述文件复印件。全引太繁，扼要说些。首先，文件批评当时出版社的工作"没有长期的打算，没有远大的眼光，表现了相当程度的盲目性。其次是，除了马克思列宁主义经典著作以外，没有有计划地翻译出版比较重要的理论著作，本国作家的学术著作所出无几……著作稿件的缺乏虽有多方面的原因，但出版社对组织作家写稿不够积极和热心是重要原因之一。出版社在作家稿件的处理上的积压拖延的现象及书籍的出版时间过长，也引起作家的不满，因而影响了写稿的积极性"。

接着，这文件特别强调三联书店的重要性。它说：

为使人民出版社集中力量做好上述工作并提高工作质量，应在人民出版社内部设立三联书店编辑部（目前三联书店并无单独的编辑机构，也没有独立的编辑计划），编制上仍为人民出版社的一部分，但须有独立的编辑方针与计划，以充分发挥现有译著力量。

三联书店应当更多出版著作书籍，以便使党员和非党员作者的各种虽然尚有某些缺点，但有一定的用处的作品都能印出来。

许多旧的学者的著作，特别是关于中国历史的各方面材料的整理和考据的著作，对于我们还是有用的，这类著作……可酌量选印。

根据这个报告的精神，马上在人民出版社内设立了一个"三联书店编辑部"。这样，我这个当年进不了三联书店的人，又同"三联"发生关系了。自然，我不是三联编辑部的成员。但因为这是根据上面的意思成立的，单位里特重视，我作为社领导的秘书（那时已从校对员爬升到社领导的秘书了），也就经常去走动。何况陈原是这编辑部的兼主任，我当时就坐在他的对面。他是我专门"伺候"的对象之一。

三联编辑部一成立，人民出版社就热闹了，各种编辑活动轰轰烈烈展开了。

那时上面提出，作家是出版社的"衣食父母"。过去我们习惯编辑领导作者，现在要反过来。根据"开门办社"和"衣食父母"论的精神，人民出版社以三联书店名义做了一些前所未有的创举。例如，社内举行了几次大讨论，公然辩论某部书稿的取舍。记得一个是关于美国侵华史的讨论。已经有一位党内权威专家刘大年先生写了一本《美国侵华史》，用人民出版社名义出版。当时是抗美援朝之后，这书当然是大热门。一位权威写过以后，别人能不能再写？按过去惯例是不大行的。恰好有一位卿汝楫先生，燕京大学的老教授，党外人士，又写了一本《美国侵华史》，很多说法和刘著不同。当时曾彦修先生主张三联书店一定要出卿著。激烈争辩多次，终于出版。我做多次讨论的记录员，大开眼界，由是知道我们在用苏联以外的办法做出版。（后来我知道，卿先生同胡兰成有很多关系。假如革命群众早知此事，曾老在一九五七年肯定又多一罪状了。）

五十年代初的出版社是不必出去组织稿件的，所以在三联编辑部成立以前，出版社根本没有什么组稿活动。一九五四年上述文件下达之后，在本市，用三联书店等名义一口气开了十一场座谈会，会后都有饮宴。（我很自豪地说一句：这些饮宴都是我具体参与安排的。）在外地，陆续出去六七个组稿团，都由主要领导带队。组稿团的任务，明确是要出去"翻箱倒柜"，组织到高质量的书稿。这一来，当然组织到不少稿件。例如西北大学陈登原教授的《国史旧闻》，就是陈原去组稿的。这稿子来了之后，我记得很清楚，陈先生在序里面最后一句话说："稿成，有书贾来，乃付之去。"我看了大吃一惊。怎么能把党的领导陈原叫"书贾"呢？我向陈原提出，他一笑置之，照样放行。还有一本岑仲勉先生写的《黄河变迁史》，书里有这么一段话，说黄河怎么变迁的，很多人考察过，都不如我的考证清楚，因为我是根据古今的记载讲的，所以比实际考察准确。我说这有点违反《实践论》了。陈原说我们应该允许各种不同的意见。这本书改革开放以后也印了。总之，一时间，开门办社，衣食父母，翻箱倒柜，传播知识，那些口号响彻云霄。那时的中宣部的一位处长、历史学家黎澍同志，推荐我们到上海去找老记者陶菊隐，后来出版了他的《北洋军阀统治时期史话》，这本书出版后对三联书店也产生很大影响。

还有一件当年让我很惊异的事。那其间，毛泽东忽然提出要批判胡适。人民出版社根据上级指示，要出版《胡适思想批判》。这是大事，大家很尽心，先后一共编了八辑。但奇怪的是，到第一本快出的时候，得到通知，出版名义改为"三联"。三联版的书，在政治上是低一头的。从这里，我开始意识到，做出版，干编辑，真不能头脑发热。连批胡适如此大事，上面说得热闹，做起来也讲尺度的。

更重要的，我参与的最多的，就是要编一个十二年的翻译规划，规定十二年出版一亿二千万字的外国名著的译本。明确提出的口号是要学习日本明治维新，认为日本现代化之所以能够成功，原因之一是他们翻译出版了大量的外国经典。这个规划我参与了。规划印出来是蓝皮的，所以叫"蓝皮书"。我记得出的第一本是黑格尔的《小逻辑》。下面一本是凯恩斯的《就业、利息和货币通论》，是一位北大教授翻译的。这本书是列宁在帝国主义论里严厉批判了的。出这本书以后有点害怕，所以接着又赶紧出了一本《就业、利息和货币通论批判》。

当时我做这事很有兴趣，因为从这里学了不少编辑的基本功，读了不少书。记得陈原和史枚都要我多读马恩的书，从那里找他们对西方经典名著的评价。我读了恩格斯的《反杜林论》后，才知道杜林的书大可一出。

当然，尽管用"三联"名义出书大为放宽尺度，但是有些还是出不了。我记得，大约一九五五、一九五六年的某一天，潘光旦先生挟着一大堆稿件亲自来访，社领导都不在，由我这小秘书接待。潘老希望出版他翻译的恩格斯《家庭、私有制和国家的起源》，特别是他煞费苦心写的大量注释。我在韬奋图书馆读过霭理斯书的俄文本，似懂非懂，以后读到潘老的译本，特别是他的注释，十分钦佩。那天我同潘老又大讲宝山方言，非常兴奋。我以为出他的译本是没有问题的。不料，领导们最后研究结果，不但不能用人民出版社名义出，连三联书店名义也不可能。那时，还在讨论一位陈达教授关于人口问题的著作，大家很感兴趣，但后来也否决了。领导们对此都很遗憾。我后来估计，他们一定已经听到了什么消息。

除了组织和审读稿件以外，还学到些什么呢？

那就是如何编辑加工稿件。有一本叫《中国史纲》，张荫麟先生的名著。编辑加工时，删掉了一些话，如说到昭君和番，去和番的美女"未必娇妍"。编辑把"未必娇妍"删了，认为写得庸俗。后来，曾彦修等几位领导认为，这事做得过苛，我们应当允许作者有自己的表达方式，特别是像张荫麟先生这样有成就的学者。诸如此类，都大有异于过去的方式。

至于文字，更主张著者有自己的自由。当年出版总署叶圣陶副署长是主张语言规范化的，后来人们有点误解，以为编辑必须大刀阔斧地为作者"统一"规范。记得有位张蓉初教授，他译的俄国史著作里说某人的病"一日日好起来"，编辑把"一日日"改为"一天天"，领导也认为不必。总之，他们认为，当编辑的，要抓大事，小事不要拘泥。

所有这些，都说明当年从上到下都比较注意张扬"三联"能容纳多种不同意见的个性。

在社领导中间，陈原先生最年轻，名次排在最后。他当然也参与决策，例如多次带组稿团外出，还主持十二年翻译书的规划，等等。此外，他的特别的贡献，就是认认真真地做出版社的管理工作。大家知道，在五十年代初期，出版工作是不讲正规化的。无论做什么，都喜欢搞"游击作风"。陈原为此大加整顿。例如编辑访问作者，事后必须写详细的访问报告。对书稿的修改，必须有记录。陈原经常表扬一位张梁木先生，他的档案纪录写得最多，写得最好。陈原提出建立书稿档案管理制度。还主张编辑工作中很多事要"挪前做"。就是在做选题的时候考虑到约稿，约稿的时候考虑到来稿，来稿的时候考虑到加工。还有一个观念是陈原非常强调的，也因此得罪了不少人，就是上面说过的尊重作者的文风。说实话，那时很多年轻人学《语法修辞讲话》学得走火入魔，有人甚至要改鲁迅的文章。例如鲁迅不大用"和平"一词，总说"平和"，有人就主张修改鲁迅的文章，陈原竭力阻止。这问题我觉得现在还有现实意义。要保存作家的风格，不是一件简单的事。

这个三联书店编辑部，实在人才济济。不知道什么原因，上面调了不少高级的政界和知识界的人物进来。在那时的人民出版社里，这个编辑部加上还有一个世界知识编辑部，其中知名人士据我记得就有：

何思源：北京市老市长，没到台湾去，对北京的解放有功。他是很活跃的一个人。山东人，跟我非常熟。我跟他学过法语，他又介绍人教我德语。他很愿意帮助我们年轻人。

刘仁静：共产党第一次代表大会的代表。跟毛泽东在一起干过革命，可是他以后参加了托洛茨基派。他专门翻译俄文的东西。中国人中就他见到过托洛茨基。他也跟我谈得来。他在编辑部专门翻译普列汉诺夫的东西，不用来上班。我每个月见他一次，向他拿稿子，同时给他九十块钱。

彭泽湘：一九二二年的老共产党员，为北京的和平解放出过力。

舒贻上：湖南名流，据说给齐白石算过命。

郭根：《文汇报》的名记者。

还有一位应德田。他是张学良的秘书，也留下来了，他是专门编中国历史书的。

还有董秋水。他也是东北军的，张学良下面的人，也是搞历史学的。女作家张洁的爸爸，跟张洁的关系据说很坏。他很会表现自己，例如，有什么重大活动，他就要在墙上贴一幅诗词，以示庆贺。

除此之外，三联书店原来还有一些名编，如：朱南铣，清华大学哲学系毕业的，"红学"专家，笔名"一粟"。他古文和英文、德文都非常好。常带我出去上小饭馆饮宴，边吃边讲文坛种种故事，使我大开眼界。他鼓励我跟他研究中国游戏史，可惜我那时的兴趣还在外国，没有进入门下。他饮酒不喝到醉卧在马路上不停止，我只能想办法把他抬回来。这类知识分子真叫放浪形骸。他老是跟我说，规规矩矩的人做不出学问来。还有一位张梁木，最长做组织工作，负责地理书稿，做出很大成绩。可惜后来成为被处分最严厉的右派分子，一身的本领都施展不了。

另外，当年出版总署的编译局也并过来了，成为三联书店编辑部的成员。我经常请教外语的郭从周、石宝嫦、王以铸、杨静远等老师，就都是那时熟悉的。

曾彦修其人平时疾言厉色，可是内心是非常慈祥。他当年极力主张资料室开架，对我辈年轻人的成长有很大作用。一开架之后，我觉得一进去就出不来了，实在美不胜收。

但是，所有这一切，到一九五七年反右斗争起来，全都烟消云散。不仅此也，以曾彦修为首的积极从事"三联"事业的一些名编，不少被划为右派。人民出版社大院内南北楼上著名的三联书店编辑部，从此烟消云散了。

这一段的故事可以说到这里为止。需要补充一下的是，在这以后，三联书店的名义被用到一个特别的用途：出版反面教材，主要是翻译的内部材料，尤其是所谓"灰皮书"。我那时就被分配去专门做这方面的编辑工作。

我不知道这是哪一级领导来的方针，就是那时组译翻译稿，可以"废物利用"，就是可以找有学问但是政治上有问题的人。我凭这方针，大力开展工作，找到了一大批真正名副其实的老师。我在这方面，说实话，有一长处，就是一点不以他们的"政治污点"为忤，而是真正拜他们为师。这可以说是我无意中得之的一个善为书商的法宝，决定了我以后的一生。

我最早的老师是李老、董老等几位，他们都是新华社的"大右派"。李老是新华社右派改造队的队长。董是所谓的"极右分子"，其实听说他只是批评了当时的集权主义而已。我对他们执礼甚恭，他们也就对我十分亲切。可以说，从这时开始，直到整个二十世纪末，他们都一直在帮助我工作。没有他们，我在改革开放后是怎么也没法做成事情的。

其实，那时还有一大批"废物"，是我无法结识和请教的。那是北京清河劳改农场的犯人。北京市把他们组织起来，从事译作，发表时一律用笔名"何清新"（"何清"指"清河劳改农场"，"新"指"自新"）。据说译日文最佳，因其中颇多伪满时期的官员。

当然，我所仰仗的，还有一大批当年的并非"废物"，例如中共中央马恩列斯著作编译局的诸君子。他们既有学识，又很开明，同我一起做"灰皮书"，大多出诸他们的努力。我最记得一位副局长林基洲。此公精通俄语，一度不知什么原因，食宿都在办公室。于是我乘兴同他每周共度假日，一起在办公室狂饮啤酒，研讨问题，然后一起呼呼大睡。如是一起研究批判托洛茨基、布哈林等人，却也有趣。至于局内殷叙彝、郑异凡诸君子，至今还是我的老师。

从一九五四年到一九七七年这二十多年，三联书店只活跃了三个年头，其他时间，成为出版界正面积极作用的反衬。不仅此也，在"文革"期间，它真正成了"反面教材"。那时整个三联书店的历史被全面改写，连邹韬奋先生都被说成资本家，其余种种，不一而足。这些故事，说来太伤心，就不多述说了。

就我个人说，我几乎参与了这一所谓"有名无实"的三联书店的一切活动（除了"文革"期间外），它为我在以后改革开放时期的出版活动做了思想和文化上的准备。尤其是一九五四年到一九五七年这几年，曾彦修、陈原各位前辈做的，在我看来，实际上就是后来的改革开放，只是那时被无情地终止了。

这样，邹韬奋等前辈所创立的革命出版事业，在革命胜利后将近三十年里，仍然是个"有名无实"的单位，而且一度还蒙受极大恶名。我并没有参加那时三联书店名义的活动，但是作为一个目击者，而且可以说，是至今犹存的比较全面的目击者，我在那些年头受到的出版启蒙教育，是我终生难忘的。

改革开放年代三联书店终于现身

一九七八年底中国开始改革开放，这是中国历史上一个极其重大的事件。改革开放了，大家都想做点事。我当时因为在人民出版社内部有点人事摩擦，业务上又只担任一个闲职，内心不免骚动。当时，我比较接近的出版界的元老是陈原，跟他比较熟，于是向他多次要求到他领导的商务印书馆去工作。在一九八〇年初某一天下班的时候，范用找我谈，他说听说你要去商务印书馆，现在不必去了，我让你留在这里负责《读书》杂志。我马上去跟陈原商量了一下，他同意了。事后我想，这大概是他们已经商量好了的。

一九八〇年三月，我调去编《读书》杂志，名义是新成立的"三联编辑部"的主任。去了之后，我才发现，《读书》杂志实际上是三联书店的雏形，主办者的用意，实际上是要通过办杂志，逐步恢复三联书店。

《读书》杂志是一九七九年四月创刊的。它的实力十分雄厚。名义上是出版局研究室（那时的出版局相当于现在的新闻出版署）的杂志，由人民出版社代管。总头头是陈翰伯兼。他是老党员老干部，当年出版局的代局长。燕京大学毕业，爱德伽·斯诺的学生。斯诺当年到延安据说就是他张罗的。他一直在国统区工作，是一位老报人，国际问题评论专家，笔名梅碧华。但他在《读书》杂志不出面，居幕后，出面的是陈原，担任主编。此外范用起很大的作用，他名义上是人民出版社的副总编辑，我之所以进去工作完全是他安排的。他脾气耿直，人缘不佳，跟很多人有矛盾，跟陈原也有矛盾。我去了不久他就跟我讲，要我听他的不要听陈原的。这是比较麻烦的问题，是我面临的一个僵局。由这开始，就注定我在很长时间内处于一种"一仆二主"的处境，直到自己退出三联书店这一出版舞台。

《读书》杂志为未来的三联书店作的准备，首先是思想上的解放。创刊号《读书无禁区》一文是前辈们为此作出的光辉榜样。此外，陈原经常说要把可读性和思想性结合起来。杂志的文章要有思想性，言论要敏锐，可是一定要可读。文章要写得好，这样才能够打动人。其次是联系了海内外的大批作译者，而且学会采取比较生动活泼的形式。第三是培养了一些人才。主要是后来担任总经理的董秀玉女士。另外吴彬、贾宝兰、郝德华等，也都是那时培养的。

大概在一九八四年，上面正式确定要筹备成立三联书店。在这以前，一批三联书店老前辈如胡绳同志等就已提出要恢复三联书店，但都只是呼吁而已。到了一九八四年，进入操作的阶段了，正式成立一个筹备小组，具体负责人是范用。我是工作人员，不过我从来也不过问筹备的具体事宜。我知道，自己不是一九四九年以前参加工作的"三联老人"，只不过因为当时在行政上当了一个部门的负责人，所以在筹备三联书店的重大活动中被列名，如是而已。到了一九八五年筹备工作比较成熟，到年底要确定哪天正式宣布三联书店独立了，这个时候来了一个戏剧性的事情：忽然宣布范用退休。他是人民出版社多年的老领导，一九二三年生，到一九八五年的时候才过六十不多。他突然退休，是非常意外的事情。退休的同时，又来一个意外：宣布三联书店独立，筹备工作完成，而新任命的总经理，居然是我。这事情背后，据说有不少内幕。我是"老土地"，当然听说过不少，但我的级别无法从正式渠道得知确实消息，这里也不便多说了。我在这里只能担保，我本人当时没为此做过任何幕后活动。

无论如何，我这个多年密切关注三联书店而无法实际介入其中的人，在一九八六年一月一日，居然当起它的总经理了。当然，我自知德薄能鲜，而三联又是老店，所以立即成立一个编辑委员会，成员大多是三联老人，而由范老任主任。我要做的第一件事，是跟人民出版社分家，包括资金和版权。实际上，这些都是范用退休前规划好的。资金分得三十万元，版权得到一二百本书。范用不喜欢看翻译书，他就要了一些老三联版的著作。特别遗憾的是没要房子，一点房子都不要。范用的口号是要自力更生。后来我跟人民出版社商量，把人民出版社的宿舍的地下室租给我们。

未来三联书店的性格，我希望办成小出版社，这一点跟老同志们很一致。我个人的习惯是主持一个小单位，十几二十个人。什么事情都由我自己来决定，甚至操作。第一把手不按老规矩称社长，而命名为总经理。这方面，我特别请教了陈原老前辈。三联书店的英文名称，照当年国内的规矩，出版社英文名字都不叫Company，要叫Publishing house。陈原坚决要我改过来，叫Company，同国际接轨。这些做法，应当说都是国内在改革开放后的首倡。

三十万资金不够用怎么办？我向一些老同志呼吁帮忙。当时有一位老同志很愿意帮忙，他叫王益。他跟我介绍了一些有钱的人，去要求投资。我记得最早去找一位"中信"的总经理王军先生。我拿介绍信去找王军，第一次看到大公司的排场。坐了好一会，他来了，我给他讲了一讲情况，他表示同情。可他在我临走的时候跟我说了一句话让我大为惊讶，他说我们中信一千万以下的项目是不做的。在一九八六年，我听到一千万这数目简直吓晕了，以后就再也不敢找他了。这样我就始终在三十万块钱里兜圈子，用它来维持一个出版社，维持出书。

中国的出版社是有分工的，或者按地区分工，或者按专业分工。三联书店到八十年代中才冒出来，它的专业分工是什么？这是我上任之后第一个要考虑的事情。我很为难，因为任何的专业都是"小姑居处已有郎"了。这正应了列宁的名言：殖民地已经分割完了。难道还要按照列宁的说法去打一场争夺战？这我肯定打不过。只能是另找出路。毕竟是改革开放年头，思想比较活跃。我们第一个念头是想到港台等地的文化资源。当时中国还没有这方面的专业出版社。另外，在筹备三联书店的时候，范用他们很大的精力都放在港台方面，尤其是同香港联合出版集团有密切关系。我们一起举行过几个很大的活动，比如说傅雷的作品展。范用他们长期在白区工作，做统战还是很有经验的。所以在三联独立以前，我们跟港台文化界已有很好的关系。记得刚改革开放的时候，廖承志同志他们在香港要成立一些刊物，而确定这个刊物的内地工作由我们三联书店来做。香港出了个有关杂志，我记得第一期寄来好几百本，可是不久忽然上面的方针改变了，那些杂志在我任内不得不回炉了事。

范公那时同香港的联络，经办人员是董秀玉女士。董女士很会做工作，港人非常欣赏她，佩服她。所以，后来有一个机会，她就调到香港三联书店去当领导。她去了以后，对北京这一摊帮助更大，我们同境外知识界的关系因而更加密切了。

那么，用什么来统战呢？我们又想出一个词：文化。后来把这词扩而大之，广泛使用。比如要出杨绛的《洗澡》。这是小说，属于你的分工范围吗？于是打报告，说明这小说有"深刻的文化内涵"，因而符合三联书店的性格，上面也就批准了。又如出金庸的武侠小说，也强调它的文化性格和文化意义，尽管那时查禁武侠小说甚严，我们的方案还是被批准了。

范用同志是编委会主任，他是非常高兴出点子的。以他的地位，他的点子当然必须执行。他的点子大多非常高明，例如主张出巴金的《随想录》和有关译作，还有《傅雷家书》，都是大手笔，为当年的三联书店创造了极大声誉。而且此公主张出的书，从稿件直到装帧、版式，都必须亲自过问，要做得精妙绝伦，这些都为我辈所不及。他还主张出版一些学者的文集，如王若水、李洪林等位。

但是，范公所为，我们尽管亦步亦趋，但有时还是紧跟不上。第一是他不大喜欢过问市场和营销，不爱顾盈亏，而更主要的是，他喜欢"犯禁"。例如出版《随想录》，他主张把香港报纸所删的部分全部恢复，并且说，上面一旦问起，让人家直接找他。他再三对我进行革命传统教育，说明执行韬奋精神就该如此。但是我们不少人（包括我，而且首先是我）还是没有出息，非常害怕因"做饭（范）"而犯错误。

在这种情况下，我们觉得不妨自己努力做一些别的题目。于是我们这些小角色也大干起来。刚开始，我们是少去"做饭"而努力"做菜"。何谓"做菜"？就是努力出版漫画家蔡志忠的作品，菜者，蔡也。蔡先生的作品，既生动又有深刻的文化内涵，我一发现，就喜欢得离不开手。而蔡先生又对我们非常宽容，一切稿费版税都存在我们账上，让我们挪用。后来他在香港又指定董秀玉为他的代理人，我们就更自由了。

另外，"做饭"必需"摆台"，我就竭力在社内提倡了解台湾文化情况，出版台湾学人论著。记得最早出的是林毓生教授推荐的杭之（陈忠信）的宏论。以后，陈鼓应教授等等，多起来了。我本人退休以前亲自编的最后一本三联版的书，是唐文标的纪念集《我永远年轻》。编这本书，引起了我对台湾思想史的强烈兴趣。

做这一桌"饭（范）"既不易，我们就又想法另做一桌"饭（翻）"，那就是出翻译书。这方面我是内行，而且有不少高人指点。高人就是我当年联络的高级"废物"——李老、董老等前辈。李老的一个主意：要我"向后看"，即研究、出版西方的老书，翻出来"古为今用"。这高见让我受用无穷。我们从房龙入手，特别那本《宽容》，还有茨威格《异端的权利》，等等，出后都有很大影响。外国老书的原本有时找不到，名翻译家施咸荣知道这事，也伸出援手，设法帮我们从美国免费运来许多他们不要的旧版书。当然我们也做外国的新书。例如保加利亚的《情爱论》，美国的《第三次浪潮》。我做翻译书，常对原书内容做删节，原因当然是怕出事，胆子太小。《情爱论》删得最多，但人们不易发现。那本《第三次浪潮》一删，就引起轩然大波。有的研究者发现书中把作者阿尔文·托夫勒的话都删了一些，认为这样一来不是把此人美化了吗？这是错误的。我们很赞成乃至欣赏学者的批评！

外国新书还做了一本《戴尼提》，这也引起轩然大波。原来，这书在美国曾引起过风波。上海有人认为，我们出这书也同这风波有关，其实是误会了，解释以后也就没事。至于《戴尼提》这本书，我觉得还是大可一读的。

这一桌"饭（翻）"越做越大。后来，脑筋动到外国驻华使馆等单位身上。由于做外国老书，我知道五十年代香港有个"今日世界"出版社，出版过不少有价值的译自英语的美国经典作品。我很费劲地找到一些，读后大感兴趣。不仅其中大量是所谓美国的"老书"，符合我们的要求，而且不少书译笔奇佳，例如张爱玲的译品。我如获至宝，赶紧同美国有关单位联系。他们也十分配合，不仅免版税，而且还能提供补助。我不敢要补助，但让他们买了不少书，实际上同补助差不多。用这类似办法，我们还出了一套"法国文化丛书"，一套"德国文化丛书"。后来还想出版"英国文化丛书"，却一事无成。英国人不肯理我，大概是因为我的 English 实在太差劲了。

讲到这里，必须谈一谈同"文化：中国与世界"编委会的合作。上面说过，我喜欢主持小出版社，不喜欢搞大。但是，"饭""菜"越来越多自己做不过来，怎么办？只有一个出路：动员社会力量。那时听说一些青年学者组织了一个这样的编委会，赶紧寻求合作。他们已经同有的出版社有联系，我们表现了极大诚恳，终于拉过来了。从八十年代中起，大约不到十年光景，他们编了"现代西方学术文库"三十多种，"新知文库"近八十种，"文化：中国与世界"丛刊五辑，成绩可谓大矣。

我不想再具体讲我们著作编辑部同人的贡献。他们编的"中华文库"，一九九二年开始出版，我那时已退居二线，再没有过多少年就索性退出历史舞台，所以所知不多，但显然那是一个大工程，厥功至伟。

说这说那，弄来弄去，三联书店"复活"多年，依然地没一垄，房没一间。最困难的时候，这么一个多少有名的单位并不多的几十号人要在北京市内东、南、西城四五个地方分散办公，可谓苦矣！这时，有一个人帮我们来了。此人是吴江江先生。他那时是新闻出版署的计财司司长。有一次他忽然找我说你们现在这么困难，何不盖个办公楼？我说哪里有钱盖房子？于是他介绍我去拜见国务院副总理邹家华的秘书。找他之前，我做了一些准备。我当过人民出版社的资料室主任，就把资料室里面当年韬奋图书馆报废的旧书找了一些，那些书上"韬奋"两字上都打了叉。我把这个找来复印转给邹家华，据说他看后很气愤地说：真想不到，三联书店解放之后居然有这种遭遇。最后又由吴找到出版总署宋木文署长，由他会同郝建秀同志研究，最后批给我们八千万块钱。吴江江不但给我们找到钱，还通过他的努力把市中心美术馆东街一块热门的地皮弄过来。于是大兴土木，盖起楼来，成为现在这样子。

到一九九五年底，大楼盖好了，装修完成了。这时我已退居二线，三联书店的业务已不过问。那年头，我只想起一件事：当年老前辈们先办杂志，后筹独立，通过杂志培养人才，准备条件，确是高见。这应当也是更早以前的前辈韬奋先生他们的经验。而通过我们以后的体会，也深知办刊物对出书大有助力。我一下子头脑发热，向新领导董秀玉建议再办些杂志，董首肯，让我写报告。我写报告时又歇斯底里大发作，建议一下办十个刊物。上面当然没有发作歇斯底里，只批办了一个《三联生活周刊》。现在《三联生活周刊》大为兴旺，我对这刊物没出过一点力，只是当年有此故事而已。

好了，在改革开放的大好年代，对中国革命事业做过重大贡献而之后遭受到错误攻击的三联书店，又重新站出来了。我作为一个目击者，讲一点有关的故事，供有心的朋友们了解。

二〇〇九年七月

在追求特色中前进

　　人类的精神文化活动，可贵之处在于各具特色，出版工作并不例外。认识这一点，对三联书店说来尤其重要。如果丢掉特色，三联书店一年十二本刊物、五十种书，会在当今浩瀚的"书海"里淹没。从这个意义上说，追求特色是我们的唯一出路。三联书店从一九八三年成立独立的编辑部以来，在范用、倪子明、戴文葆等老同志的亲自领导和指挥下，就正是这么做的。

　　我们要追求的，首先是内容的思想特色。我国的所有出版社都遵循同一思想政治路线，但绝不能由此认为，所有出版社都没有各自的思想特色。这里因为各出版社的读者对象和工作对象不同，侧重点不同。三联书店以中等以上知识分子为对象，他们的特点是思想敏锐，精神需求的层次较高，迫切要求使祖国赶上世界前进的步伐。因此，我们出版物的思想特色就应当是，在坚持四项基本原则和同党中央保持一致的前提下，积极宣传爱国主义，大胆提出问题，勇敢揭示矛盾，努力引进有益四化的新观念、新认识。

这么做，有时分寸不好掌握，有的书的确很费斟酌，但如果做得好的确是受到读者欢迎的。有时也会招致一些误解。如我们出版《傅雷家书》《第三次浪潮》，起初都没有得到社会上的普遍承认，有的报刊对《傅雷家书》甚至不敢介绍。但最后这问题还是解决了，看来社会效果还是好的。这里，我们的体会是，第一，要严格按照中央的文件精神办事。各种传闻、消息可以了解，但不能成为行动依据。第二，绝不可把追求思想特色同整个出版方针、路线对立起来，偏离总的方向。第三，注意方式方法。而要做到以上三点，更重要的是办出版社的人要有种思想抱负和理想。书是有思想内容的。历来老出版家的经验都证明，不首先为书的思想内容而奋斗，出书的意义就不大了。

内容特色的另一方面是：注意文化积累。这是周扬同志在三联书店五十周年纪念时提出的。我们领会，这句话可以包括两层意思：第一是要继承过去优秀的文化传统，接受、传播过去历史上留下来的文化成果；第二是要出好现在的书，把现在的文化成果记录下来传诸后世，丰富整个文化积累。从这个理解出发，我们力求使自己的出版物具有长期效果，重版价值，成为一种可以被积累的文化。对读者的影响，我们着重在提高人的精神境界，文化情趣，而不着重在一时一事。我们认为，所有这些是同建设社会主义精神文明这个总要求一致的。我们出版的"文化生活译丛""外国知识读物"，就是在这种理解下产生的。

在说到特色时，还不能不指出，书的内容特色归根结底首先是作者的特色。当编辑的必须像列宁所指出的那样，"小心翼翼地保存作者的特色"。目前注意出书的系列化，是必要的，但不能排斥每本书的个性化。保存作者特色不是易事，有时不易划清特色与败笔之间的界限，要认真探索。

那么，是不是编辑不必表现自己的特色呢？也不然。目前，有的编辑过于轻视自己劳动的意义，以为编书一事行之甚易，于是草率从事，降低质量。其实，一本书是否精编精校，是表现编辑特色的一个重要场合。编校得好的书，编辑的特色可以贯穿全书。至少，我们以为编辑要写好出版者的话、编后记、注文、内容提要等所谓书的"附件"，使一本书没有明显的错误，是必须做到的最低要求。

在三联书店的许多老同志看来，出版物是一个完整的艺术品，它的特色不能不也表现在书的形式上。我们这些年来刻意追求这方面的特色，下了一点功夫。主要的做法是：一、领导重视，亲自动手。一本书的装帧设计图样要反复斟酌，一再推敲。不仅要抓设计，而且要抓施工，即印装，鼓励管理印装的同志不只把出书当作生产任务，也把它当作一项艺术任务来完成。二、形成风格。根据我们的读者特点，逐步形成一种典雅、洁净、含蓄的风格。三、总体设计，即不仅注意外部装帧，而且注意内文版式。

凡是在装帧上下了功夫的书，在知识界地位较高，作者尤其喜欢。有的作者甚至表示：你们要肯给我们出一本这样的书，不要稿费也可以。

要保证做到上面内容、形式两方面的特色，必须在工作步骤、作者工作、干部培养等方面下功夫。

制订选题，我们过去的做法是讲究系统、完整，理想化成分很大。现在我们为了保证特色，保证质量，多半采用"倒过来"的办法，即从了解作者的专长、兴趣、计划入手，尽可能同他们充分交换意见，谈得入港，再商定题目列入选题。特别是研究著作，一定得采取这种步骤。这样，出的书可能不成系列，但能发挥作者专长，保证质量。为了保证特色，订选题时还必须注意避免"一窝蜂"，赶时髦。"一窝蜂"是特色的敌人，但这不是说不要关心当前大家普遍注意的问题。即使是人人在编、在写、在出的题目，你仍可从"特色"这角度出发，印出新人耳目的书。我们的《情爱论》一书，就是这么出来的。

用"倒过来"的办法订选题，就要同作者广泛交往。出版界很早就提倡编辑同作者要"以文会友"，作为组稿的主要方法。但这在过去很难做到。现在看来，不仅要"以文会友"，而且要能够为作者做些服务工作，使彼此关系更加融洽。很多知识分子多年受创伤，想法很多，要做好这方面的工作不是易事。当然，这里必须划清必要的工作关系和庸俗交往之间的关系，更不能搞"关系学"。

有特色的书稿，不是一下子就能找到的，要广泛选择，因此必须强调信息。提倡编辑多读论文，了解已有书刊，学术界的情况。这方面，我们办的《读书》杂志给了搞图书的同志很多帮助，因为它每月举办《读书》服务日，陈列全国的新书，可以使我们有一种参考和比较。编辑翻译书尤其要注意信息，同时这种信息工作也较好做。我们三四个翻译编辑，主要是青年。他们的任务首先不是看稿，而是研究外国情况。结合刊物，要求好书不漏。定期开外书信息会，邀请社会上有实力的部门，共同讨论。一有好书，通过海外关系去找。我们出版翻译书不多，但是每年为这些书下的功夫是并不少的。

我们人少事多，很多工作是组织社会力量做的。在出版社说，应当是能包出去做的工作尽量包出去。但是，还必须注意，这么做不能使你这出版社的特色受损失。你必须过问工作的一切关键环节，"大权"不能旁落。我们发现，在组织社会力量问题上，开头是同志们不大肯找外力，但后来又出现了新情况，就是过分依赖社会力量，自己都不大管了。社会力量当然越多越好，但是，社会上任何人要为出版社做出合适的工作，编辑部都要下功夫，不能说行就行的。所谓"组织社会力量"，就要在组织上出力。这在开头，比自己做还难，还费事。出版社必须打开大门，组织社会力量，但不能彻底到把自己的围墙都拆光，把自己应做的工作也取消了。要出有特色的书，必须有高水平的干部。我们单位小，待遇低，工作量大，这方面困难是很大的。尝试过一些办法，收效并不大。我们以为，目前比较可行的办法还是用自己对出版工作的理想，用自己的出书特色来吸引干部。有的青年还是对出版工作满怀热忱，准备献身的。我们现在成长比较迅速的一些同志，大多是因热爱三联的这种编书特色才来参加工作的。他们虽然待遇较低，仍旧能热情工作。我们经常同一些青年接触，发现有人的确喜欢"三联"，生了"三联病"，如果能力也可以，就想法吸收进来。由于人事制度，即使如此，吸收也不易，但是即使把这些同志团结在出版社周围，也是好的。

我们是个小单位，这些做法有很多局限，对许多大社未必适用，只能供参考。

一九八五年十一月

开放·品格·服务

——纪念三联书店恢复建制五周年

　　三联书店恢复建制，到现在正好五年。这五年，我们全体同志无疑做出了很好的成绩。我们在十分困难的条件下，力争维持三联书店的传统和信誉，这是很了不起的。我们在近乎白手起家的状态下，坚持工作。特别是，这五年里，有三分之二的时间出版行业很不景气，我们既要存活、发展，又要维系一家大出版社的信誉，其间艰辛，只有亲自参加过这项工作的人才能体知。我在前几个月的一个会上曾经说过，到今年年中，"坚冰已经打破"。到现在，又经过几个月的努力，我想可以说，我们已经为乘风破浪前进创造了比较良好的条件。

　　这五年，我们的工作当然也有很大缺失。我们在刚恢复建制的时候，有一种盲目的乐观，对客观困难估计过低，急于事功，而相当地忽视了人员的教育、培养等基础工作。

表现在工作上就是人心欠齐，章法不够，质量不稳。等到出版不很景气之际，我们又过于紧张、被动。所有这一切，都同我这个主要主持人的缺点有关。我们这里从事工作的，大多是青年同志，缺少经验。工作中的缺失，无疑我应该负更多更大的责任。

经过这五年，我们赢得了存在的权利，取得了进一步发展的可能。这是否可以说，我们已经可以高枕无忧了呢？绝不。我们面前的困难还很多，离一个大出版社的标准还很远。图书市场疲软并未过去，我们面临的压力仍然很大。在这种情况下，我希望同志们绝不要放弃努力，继续团结一致，艰苦奋斗。乘今天的机会，我想特别同同志们研究今后继续前进的取向和办法。我个人认为，并同林言椒、高文龙等同志进行了初步商讨，我们今后工作的主要方针大致包括三个方面。我甚至想说，这三个问题，是否也可以成为一种三联的企业文化，即"三联文化"。这三个方面就是：开放·品格·服务。

我们想以"开放"作为"三联文化"的首要表征。大家知道，"三联"之恢复建制，是在一个物质上极其贫乏而精神上极其丰富的时刻。老辈们告诉我们，三联曾经有大量产业，例如全国有近百家支店，但是，几经沧桑，而今安在？我们不免为此感到遗憾。但是，物质财富究竟不是最重要的，我们更应看到前人为我们创造的丰富的精神财富，精神遗产。这精神遗产是什么？其中大量的当然是老三联的办社经验，思想品格，精神风貌。而更重要的，是老辈们在一九四九年以后出版行业几经挫折之后，在一九七九年总结出来的一条出路，这就是开放改革。找到这条出路，三联尽管物质遗产荡然无存，也还有振兴恢复之日。因此，我们不能总是欷歔叹息，自悲勿如，而必须更好地运用"开放"这重要的精神遗产，把它作为振兴的主要因素。

这五年里，我们是注意了开放的，也有成绩。甚至可以说，我们之所以能够存在，就得力于我们奉行了这一方针。我们出版社在引进海外成果方面，成绩是众所周知的。但是，看来还要大力改进。例如，从选题上说，除了引进还要系统和加强外，更要注意向外开发，打入海外市场。而要做到这一点，又要更加注意出版物的系列化、形象化、个性化。要好好发展优良的通俗读物，扩大读者覆盖面。我们的组稿、审稿和加工、装帧乃至排校，都要力求打破陈规，采取开放政策，更好地运用社会力量。不去大规模地运用社会力量，开放只能是一句空话。这方面，我们已经有了不少经验，但是还没有使之条理化、制度化，还显然只是小手小脚。我们的党务、财务、行政、发行、出版，都要创造出一套新的办法，来保证开放方针的贯彻。头几年里，我们比较强调依袭大出版社的老规矩行事。这是为了保证秩序。现在看来，有一个缺点，就是守成多了，创新不足。以后要大力改进。

开放就是创新，就会促进改革。这一阵来，有一种呼声，认为开放搞糟了。包括三联书店在内，什么问题都是因为开放引起的。是的，我们在执行开放方针中犯过这样那样的错误，但是，开放方针依然是我们的命根子。没有它，根本不可能有三联书店。我们只能继续更好地，同时也是更大规模地奉行开放方针，才有出路。在"开放"这一意义上说，我们还必须清除旧观念，解放思想。目前我们绝不是做得太多，而还是做得太少。三联存在一天，就要开放一天。

但是，我们也必须认识到，开放一事，就像自由、民主等其他美好的事物一样，有其限度，有其制约。我们过去的缺失，不在主张开放，而在于在执行过程中没有具体分析其限度。因此，我想提出，我们要做的第二件事就是：在改革开放的同时，注意坚持一个出版社的品格。开放是打开门窗，而不是要把梁、柱、墙全拆光，这些梁、柱、墙，就有点像一个实体的"品格"。开放到一定程度，也许也需要换梁加柱，但不论怎么做，总是为了加固房子，而不是把这房子弄塌。即使有朝一日，改建房舍，但也为了有更好的蔽身之地，而不是要弄得无立锥之地。不然，开放不是成了毁坏基业的行为？

每个出版社都有其品格，三联书店尤其重要，因为它已经存在了近一个甲子，已经有良好的声誉，已经形成了一种既定的品格。

具体来说，我们所需要的品格，包括：

第一是政治品格。三联书店有关心国是，忧国忧民的传统。这种传统发展到了今天，就是要为社会主义现代化建设进行不懈的斗争。我们进行任何工作，从事任何开放，都不能忘掉这一点。如果反其道而行之，就是失去品格。从这一点出发，我们不能不拒绝某些出版物，争取某些出版物。政治品格也可以叫风骨，这方面弄错了是很危险的。

希望同志们始终关心这一点，不要走到邪路上去。

第二是文化品格。大家知道，文化是有品位高下之分的，作为三联书店，只能从事高品格的文化，而不能把注意力放到低俗的东西上去。不然，我们也就丧失了自己存在的权利。这方面，不是没有教训的。我们也曾试图降低一些品格，出些虽然庸俗而还不到讨厌的程度的书，结果是，你低一分，人家低三分，你低三分，人家低五分。这样比赛下去，真是"伊于胡底"？看来，不论再困难，还得坚持相当的品格，不论出版物的学术性、思想性，都不能太降低。

这里要顺便解释一下，我们说要"高品格"，不是说不要通俗读物。恰恰相反，我们正是要大力发展通俗读物。所谓"文化品格"不是指读者的智识层面。低层面读者需要的通俗读物要大力发展，而且要更加生动、形象，要追求图文并茂。我们还要发展中小学生的读物。即使学术论著，也希望不要过于干枯，而要生动活泼。这些做好了，有助于提高我们的文化品格，而不是相反。

第三是出版品格，这也就是常说的出版质量，即编审、加工、文字、排校、装帧、印装质量。应当说，这一方面，全社会的水准是大大降低了，三联书店的水准也在下降，至多只能说还不像有的出版社那么剧烈。这是一个要引起我们严重注意的问题。我们要时刻记住，出版工作是一个长命的工作，就像西谚所说，"比人长寿"。白纸印上黑字，印上彩图，想抹也抹不掉。我们做出任何一本不合出版品格的书，到你有了更多经验的时候，摩挲自己的旧作，会有一种羞耻感。这方面的问题说来话长，今天无法穷尽。我只是提出来，希望特别是没有出版文化素养的同志注意。有些同志从事出版多年，至今不能对一个出版品的出版质量有强烈的感觉，坏了不觉得，好了不知道，或者知其然而不知其所以然，这就还不能成为一个合格的出版工作者。我们的同志大多是新参加工作的，这方面更要好好学习。

我们注意到出版物的品格，就使我们的开放、创新、改革，有了依循。当然，对品格的价值评估也是相对的。开放、创新之后，会引起对品格的再思考。也许过去认为不入流的，在开放之后，变得入流了。不过，这是一件十分审慎的工作。在目前条件下，我们更要谨慎从事。也有同志会说，你把这两方面都说得那么重要，两者又互相制约，那么工作不就难做了？其实，天下没有好做的工作，没有不被制约的原则。运用之妙，端在一心。我们只要认真实践、体会，总会越来越掌握得更好。

但是，要把这两者运用得更好，除了个人才智、聪明和实践经验之外，还需要一个根本条件，就是服务精神。据我个人观察，我们之所以在这方面或那方面做错了事，包括我本人的工作在内，都由于认识不到或执行不了这一"服务"的宗旨。因此，我将之列为"三联企业文化"中的最后一条。

文化工作，说到底，是个服务行业。文化工作者，都是为群众服务的。邹韬奋先生早就提出"竭诚为读者服务"这一口号。我看它应当成为三联的店规。我们的一切工作，都要从"服务"这一基本点出发，并把它作为评估成绩的基点。全社的工作，一环扣一环，你为我服务，我为你服务。归根到底，都为读者服务。有了这个基本准则，事情就好办得多。创新、开放也容易出主意了，也不会有邪门歪道了。内部团结容易达到了，品格也自然能够坚持了。有许多问题，必须从服务着眼，才有意义。例如，我们现在正在大大加强销售这一环节，这当然与利润有关，但更主要的，是为了把书发到读者手里，更好地为读者服务。我们要加强版权业务，这又是为了更好地为作者服务。我们内部扯皮总是没完，大家应当想一想，如果互补短长，互相服务，不是能更好地为读者服务么？有些同志工作犯了错误，做了不该做的事情，应当回想一下，不管你当时说得如何好，用意是否真在为读者服务。有些领导，例如我，爱发脾气，动不动暴跳如雷，就很少想到，你当领导，本来就是要为大家服务的，就是人家做得不好，也何必那么动肝火，你难道不能认真耐心地做工作吗？至于三联工作人员，大多生活清寒，收入一般低于同业，我也只能希望大家从"服务"这个角度去思考，才能使自己略为安心。

这里，我想特别说明一下服务同经济的关系。我个人过去常常认为，服务多了，影响收益。一九八八年三月，我参加新闻出版署的一个会议，一位当时的领导人提出，出版工作的基础是经济效益，没有经济效益，什么都说不上。此言听来似乎近理。但是细究下去，人们不禁会问：经济效益由何而来呢？我看，还得从你的良好的服务工作中来。你有了"竭诚为读者服务"之心，读者信任你，同时就带来了经济效益。当然，有时产生经济效益同进行服务不是"如响斯应"的。这别着急，功到自然成。我在上面说过，出版就是一种长命的工作，性急的、想立竿见影的人，往往干不成功。它要耐心、坚毅、等待。等到工作进入良性循环，那就可以应付裕如了。所以，我主张，我们要从"竭诚为读者服务"中来讨经济效益。这么做，开始会苦一点，希望大家不要丧气。特别在工作困难的时期，坚持一下，有时要坚持几下，等你为读者信任了，工作也就顺畅了。

在这五周年之际，我个人一方面为三联已有的成就高兴，另一方面也实在抱愧。我工作的一大缺失，就是没有始终明确地用这种三联的优秀传统来律己教人。我很想把三联的工作搞上去，但是，上面说明，抓立竿见影的事多，抓具体的事情多，而不注意基本建设，即基本观念、基本思路。一个单位没有了这些，建立不起适合自己特性的文化，要发展总是难的。现在，我们领导班子加强了，已逐步建立起编辑和生产经营这两大系统，可以在两个主要方面对出版社工作起重要领导作用。我们这个领导班子，加上全社同志，如果能对一些基本思路有一个统一的认识，工作就会更有起色。这五年的风风雨雨给我们带来一大好处，就是使我们更加确认这些基本观念之必要。让我们大家一方面庆祝已有成就，同时为进步发展而反思工作，展望未来。我想，一个新的、有朝气的"三联"的大踏步发展，在未来的若干年内，是必定可以实现的。

一九九〇年十二月

三联书店六十周年的一点感想

我在三联书店有名有目工作的整十年（一九八六至一九九六），做事为人，特别是联络团结作家，评审稿件，大多得益于一九五四至一九五七那几年自己在北京东总布胡同十号南北楼的耳濡目染。我曾经自许地说过，那几年是我的研究生时期。我迫切希望有人整理那时的史料。这并非难事，因为据我所回忆，那时的领导人都是非常强调档案记录的。例如，那时的编辑以三联名义外出访问作者，回来都要写一份访问报告，各领导人看过并批注意见后存档。当时写得最好的是张梁木兄，洋洋洒洒，文情并茂，经常得到领导表扬。

这故事我已说过多次。现在要说的，是更早一些的四五十年代的另一些故事。那是六十来年前的事。我那时不是三联书店职工，只是一个小读者。我作为一个十几岁的小工人，干的是"仆欧"（boy）的活，但业余爱读三联的书，加上我伺候的老宾客中，有些是生活书店出身的，如贺尚华、黄宝珣等老出版家。他们茶余饭后，也同我谈谈主要是生活书店的三联故事，或者送我一些书刊材料。当时我印象很深的是，三联书店在香港办了一所学校：持恒函授学校。这家学校，就我当年看到的材料，真是精彩非凡。校领导有孙起孟、徐伯昕，老师有邵荃麟、葛琴、胡绳等等，都是著名的进步人士。我真想进这学校，试了几次，终于向隅。主要原因，财力而外，就是因为我已在一家夜校里学无线电和收发报，一心想赶紧念完，学会手艺，可以谋得一个比较体面稳定的职业。另外每天清晨在霞飞路白俄老师那里学俄语也挺紧张，抽不出时间，尤其是学费。后来，我挤出费用了，再联系，"持恒"停办了。但不论如何，我一辈子记得有这么一所好学校。

一九四九年以后我投考三联书店，又向隅。这故事说过多次，现在也不啰唆了。现在要说的是一九五一年八月以后，又有幸同三联书店结缘——三联书店并到人民出版社了。我那时最感兴趣的是，三联设有一个以"韬奋图书馆"为名的公共图书馆，就在西总布胡同二十九号大院最北边的一排平房里（这平房后来拆了，我有幸现在就住在拆后重建的简易楼房的顶层）。这图书馆最值得我注意的是收藏俄文书不少。以后这图书馆又同人民出版社资料室合并，我更高兴了。我在那里读过不少稀见的书。说来不信，我首先读到的英国学者霭理斯的性学著作，就是这里收藏的俄译本。到八十年代我斗胆印潘译的霭著，应当同此前三十年我在这里受到过的启蒙有关。由此我知道，这家图书馆着实有点宝贝。（这里的外文书，听说后来都打包捆存在人民出版社西郊的仓库里了。）

讲这些故事，不是要算旧账，而是只想表述我的一个感想：三联书店从来重视社会公益事业，包括办学和办图书馆，乃至把出版也当作公益事业来做。这是不是我们三联书店历史上一个值得注意的传统呢？事实上，不只三联，当年的商务印书馆更是如此，涵芬楼那时就是一个大图书馆，只是余生也晚，没赶上那个好时光。

我在三联正式工作的那十个年头，战战兢兢，一心听候老辈层出不穷的种种指令，不敢旁骛，哪敢想象什么公益事业。退休以后，好歹想起三联的一个传统——办刊物，于是才有《三联生活周刊》。现在由此想开去，特别想到前述种种事例，觉得在三联传统历史上资源实在无穷。更重要的是现在有了互联网，我们完全可以做得更完满，更宏伟。

二十来年前在人民出版社的一个废纸筐里，捡到过一张胡绳同志的亲笔题词，昭告三联的同事要以团结为重，我至今宝爱，悬诸寒室。回想起来，要把三联做大做开，具体安排恁多，但胡老当年的这教导却是一个绝对需要的保证。"三联人"越多越好。动辄予人"革出山门"，究竟不是办法。

二〇〇八年七月

几十年前的往事

　　几年前，我在一篇文章里说过这样的话："记得《读书》杂志，不必去记得沈昌文之流，但不能忘记李洪林。原因很简单，李洪林在《读书》创刊号上发表过一篇有名的文章《读书无禁区》，由是使中国读书界大受震动，《读书》杂志其名大彰，直至今天。"我至今仍然这么看。

　　《读书》杂志一九七九年四月创刊，第一期头篇文章是《读书无禁区》。当时我还没去《读书》杂志，并没有经手这篇文章，但是它引起的震动，却是我感同身受的。这篇名文一直为人称道。所为者何？原因很简单。这里首先分析批判了史无前例的中国"文化大革命"中"四人帮"的禁书政策。"文化大革命"中的禁书，确是"史无前例"，今天的年轻读者绝难索解。二十多年后，仍然禁不住我大段摘抄这篇名文的冲动。

请先读这篇名文中对"四人帮"禁书政策的揭发：

在林彪和"四人帮"横行的十年间，书的命运和一些人的命运一样，都经历了一场浩劫。

这个期间，几乎所有的书籍，一下子都成为非法的东西，从书店里失踪了。很多藏书的人家，像窝藏土匪的人家一样，被人破门而入，进行搜查。主人历年辛辛苦苦收藏的图书，就像逃犯一样，被搜出来，拉走了。

这个期间，几乎所有的图书馆，都成了书的监狱。能够"开放"的，是有数的几本。其余，从孔夫子到孙中山，从莎士比亚到托尔斯泰，通通成了囚犯。谁要看一本被封存的书，真比探监还难。

书籍被封存起来，命运确实是好的，因为它被保存下来了。最糟糕的是在一片火海当中被烧个精光。后来发现，烧书毕竟比较落后，烧完了灰飞烟灭。不如送去造纸，造出纸来又可以印书。这就像把铁锅砸碎了去炼铁一样，既增加了铁的产量，又可以铸出许多同样的铁锅。而且"煮书造纸"比"砸锅炼铁"还要高明。"砸锅炼铁"所铸的锅，仍然是被砸之前的锅，是简单的循环；而"煮书造纸"所印的好多书，则是林彪、陈伯达、"四人帮"以及他们的顾问等等大"左派"的"最最革命"的新书。这是一些足以使人们在"灵魂深处爆发革命"的新书，其"伟大"意义远远超出铁锅之上。于是落后的"焚书"就被先进的"煮书"所代替了。

如果此时有人来到我们的国度，对这些现象感到惊奇，"四人帮"就会告诉他说：这是对文化实行"全面专政"。你感到惊讶吗？那也难怪。这些事情都是"史无前例"的。

那么，在"文化大革命"期间，究竟对多少书实行了"专政"呢？《读书无禁区》的作者写道：

在"四人帮"对文化实行"全面专政"的时候，到底禁锢了多少图书，已经无法计算。但是可以从反面看了一个大概。当时有一个《开放图书目录》，出了两期，一共刊载文科书目一千多种。这就是说，除了自然科学和工程技术书籍之外，我国几千年来的积累的至少数十万种图书，能够蒙受"开放"之恩的，只有一千多种！

除了秦始皇烧书之外，我国历史上清朝是实行禁书政策最厉害的朝代。有一个统计说清代禁书至少有二千四百余种。蒋介石也实行禁书政策，他查禁的书不会少于清朝。但是，和林彪、"四人帮"的禁书政策相比，从秦始皇到蒋介石，全都黯然失色。理工农医书籍除外（这类书，秦始皇也不烧的），清朝和国民党政府查禁的书，充其量不过几千种，而"四人帮"开放的书，最多也不过几千种，这差别是多么巨大！

中国的出版社原就不多，"文革"前只有八十七家，职工约一万人。"文化大革命"中，经撤销、归并，到一九七一年，只剩五十三家出版社，职工四千六百九十四人。中央级的所谓"皇牌"出版社五家（人民、人民文学、人民美术、中华书局、商务印书馆；注意：三联书店早在一九五三年裁撤，当时早已不存在了），原有职工一千零七十四人，到一九七一年只剩一百六十六人（其中编辑

六十三人）。上海原有十家出版社，职工一千五百四十人。（以上据《中国当代出版史料》，第六卷，第62页）

读书人见不到书，怎么办呢？一位朱正琳教授近年回忆他的青年时光说：

> 记得我兴冲冲跑到离家最近的一家书店时，那景象真让我吃了一惊。书架上空空落落，已经没剩下几种书了。我站在那里，只觉得手足无措。一种失落感渐渐变成一种悲愤之情，我突然做出了出乎自己意料的举动：几乎是当着售货员的面，我从书架上拿了两本《斯大林选集》就往外跑。

> 这以后我索性退了学，躲在家里读书。自己拟了个计划，系统地读。想读书，书好像就不是问题，我总是有办法找到我想读的一些禁书。后来则更是一劳永逸地解决了这个问题，那就是到各个学校的图书馆去偷书。一家一家地偷下来，我们几个人的藏书种类（限于人文类）就超过许多家图书馆了……

> 偷书的好处不仅是有书读，而且还让我们大开眼界——许多"内部发行"的读物让我们见着了，这才

知道山外有山……

　　只可惜还没来得及读多少，我们一伙就已锒铛入狱，那些书自然是被尽数没收。不过我们被捕的案由却不是偷书，而是"反革命"。那时候赶上"中央"有文件要求注意"阶级斗争新动向"，说全国各地出现了一些"无组织、无纲领但实质上是"的"反革命集团"。于是全国各地都有许多素不相识的人被捏成一个个不知其名的"集团"，有些地方则索性命名为"读书会"。我们几个人被定为在贵阳"破获"的"集团"（据说是一个全国性的"组织"）的"学生支部"成员，我们的"地下书库"简直就是天赐的"铁证"。

　　这一坐牢就坐了四年多。待到出狱时，离本文篇首所说的排队买书的日子已经不太远了。排队买书之后紧接着是《读书》杂志复刊，头条文章的标题是"读书无禁区"。从那时起我开始与"饥荒"告别，渐渐地却发现，市面上有越来越多的书让我相见恨晚。（《里面的故事》，北京三联书店二〇〇五年七月版）

　　经过"文革"，人民觉醒，意识到所谓"无产阶级的全面专政",实际上就是文化专制主义。七十年代初开始,随着"四人帮"的陆续垮台,情况有所松动。但是,经过这场浩劫,《读书无禁区》的作者理所当然地提出:

人民有没有读书的自由?

把书店和图书馆的书封存起来,到别人家里去查抄图书,任意在海关和邮局检扣图书,以及随便把书放到火里去烧,放到水里去煮,所有这些行动,显然有一个法律上的前提:人民没有看书的自由。什么书是可看的,什么书是不可看的,以及推而广之,什么戏是可看的,什么电影是可看的,什么音乐是可听的,诸如此类等等,人民自己是无权选择的。

我们并没有制定过限制人民读书自由的法律。相反,我们的宪法规定人民有言论出版自由,有从事文化活动的自由。读书总算是文化活动吧。当然,林彪和"四人帮"是不管这些的。什么民主!什么法制!通通"打翻在地,再踏上一只脚"!这些封建法西斯匪徒的原则很明确,他们要在各个文化领域实行"全面专政",人民当然没有一点自由。问题是我们有些同志对这个问题也不是很清楚。他们主观上不一定要对谁实行"全面专政"，而是认为群众都是"阿斗"，应当由自己这个"诸葛亮"来替人民做出决定：什么书应该看，什么书不应该看。因为书籍里面，有香花也有毒草，有精华也有糟粕。人民自己随便去看，中了毒怎么办？

其实，有些"诸葛亮"的判别能力，真是天晓得！比如《莎士比亚全集》就被没收过，小仲马的名著《茶花女》还被送到公安局，你相信吗？如果让这种"诸葛亮"来当人民的"文化保姆"，大家还能有多少书看？究竟什么是香花，什么是毒草？应当怎样对待毒草？这些年让"四人帮"搅得也是相当乱。例如，《瞿秋白文集》本来是香花，收集的都是作者过去已经发表过的作品，在社会上起过革命的作用，是中国人民宝贵的文化遗产，这已成为历史，是客观存在的事实。但是，后来据说作者有些什么问题，于是，这部文集就成了毒草。谁规定的呢？没有谁规定《瞿秋白文集》应当变成毒草，而是"四人帮"的流毒，使人把它当作禁书。

文学书籍，被弄得更乱。很多优秀作品，多少涉及一些爱情之类的描写，便是"毒草"，便是"封、资、修"，便是"资产阶级生活方式"。"四人帮"这一套假道学，到现在也还在束缚着一些人的头脑，因为它道貌岸然，"左"得可怕。以致有人像害怕魔鬼那样害怕古今中外著名的文学著作。本来在社会生活中，"饮食男女"是回避不开的客观现实。在书籍里面，涉及社会生活的这个方面，也是完全正常的现象，许多不朽的名著都在所难免。这并不值得大惊小怪。即使其中有不健康的因素，也要看这本书的主要内容是什么。不要因噎废食，不要"八公山上，草木皆兵"，把很多香花都看作毒草。

《读书无禁区》的作者是一位坚定的马克思主义者，他对读书不主张采取绝对的自由主张。他认为：

任何社会，都没有绝对的读书自由。自由总以一定的限制为前提，正如在马路上驾驶车辆的自由是以遵守交通规则为前提一样。就是在所谓西方自由世界，也不能容许败坏起码公共道德的黄色书籍自由传播，正如它不能容许自由抢劫、自由凶杀或自由强奸一样。因为这种"自由"，势必威胁到资本主义社会本身。任何社会，对于危及本身生存的因素，都不能熟视无睹。无产阶级的文化政策，当然更不会放任自流。

不过一般地讲，把"禁书"作为一项政策，是封建专制主义的产物。封建主义利于人民愚昧。群众愈没有文化，就愈容易被人愚弄，愈容易服从长官意志。所以封建统治者都要实行文化专制主义，要开列一大堆"禁书"书目。其实，"禁止"常常是促进书籍流传的强大动力。因为这种所谓"禁书"，大半都是很好的书，群众喜爱它，你越禁止，它越流传，所以"雪夜闭门读禁书"成为封建时代一大乐事。如果没有"禁书政策"，是不会产生这种"乐事"的。

我们是马克思主义者，对全部人类文化，不是采取仇视、害怕和禁止的态度，而是采取分析的态度，批判地继承的态度。同时我们也有信心，代表人类最高水平的无产阶级文化，能够战胜一切敌对思想，能够克服过去文化的缺陷，能够在现有基础上创造出更高的文化。因此，我们不采取"禁书政策"，不禁止人民群众接触反面东西。毛泽东在二十二年前批评过一些共产党员，说他们对于反面东西知道得太少。他说："康德和黑格尔的书，孔子和蒋介石的书，这些反面的东西，需要读一读。"他还特别警告说，对于反面的东西，"不要封锁起来，封锁起来反而危险"。

连反面的东西都不要封锁，对于好书，那就更不应当去封锁了。

《读书无禁区》这篇文章发表后，引起了一场风波。有一度，有人还认为，此文的宗旨是"不要党的领导，反对行政干预，主张放任自流"。有人甚至认为，文中在"毛泽东"后未加"主席"两字，就是反动思想的表现。在中国大陆的开明文化政策的继续发展中，这一类言论自然已经不占主流。特别是作者以后又声明说：

我那篇文章的原题是《打破读书的禁区》。《读书无禁区》是《读书》杂志编者改的，当时我并不知道。杂志出版之后，我曾有更正之意。后来听说引起风波，

我倒不想更正了。(见《理论风云》三联版，第21页)

因此，在读书应不应有禁区这个字面问题上，争论是没有意义的。重要的还是此文最后一句提纲挈领的话。几十年后再来看这句话，我们只能佩服作者的对文化现象所作的卓越观察：

> 世界上没有绝对的"纯"。空气里多少有点尘埃，水里多少有点微生物和杂质。要相信人的呼吸器官能清除尘埃，消化道也能制服微生物。否则，只好头戴防毒面具，光喝蒸馏水了。打开书的禁区之后，肯定（不是可能，而是肯定）会有真正的坏书（不是假道学所说的"坏书"）出现。这是我们完全可以预见也用不着害怕的。让人见识见识，也就知道应当怎样对待了。

一份常常引起争议的刊物

《读书》是一群喜欢读书的出版家办的刊物，一九七九年四月创刊，到现在已近八年了。

"喜欢读书的出版家"，难道还有不爱读书的出版家？但是实际上，干书这一行业是一回事，是不是喜欢读书往往又是另一回事。至于读书人不一定是出版家，那当然更是不言而喻的了。读书人与出版家这两种身份凑在一起，于是就产生了一份具有双重特性的刊物。《读书》杂志多次表明自己是"以书为中心的思想评论刊物"，既是"思想评论"，又要"以书为中心"，正好反映了这一刊物的特色。

一九七八年底的中共十一届三中全会，激励着每个有良知的中国知识分子的心。于是，一些老出版家忍不住"跳出来了"。种种经历，使他们知道：图书界和出版界要冲决罗网，走出新路。于是，几位老人带领一两个小将，干将起来了。

也于是，有了以李洪林《读书无禁区》为头篇文章的创刊号。从这以后，一发而不可收拾。人们第一次在这里看到这样一些在当时是惊世骇俗的提法："图书必须四门大开""言者无罪""费厄泼赖应当实行""唯心主义在一定条件下起进步作用""反对现代迷信"……人们也第一次从这里知道许多"海外奇谈"，诸如国外的"第三次浪潮"，文学、语言学的新进展，一些闻所未闻的外国新著……

这样就使《读书》成为一个有争议的刊物。以《读书无禁区》一文来说，它发表时有争论，以后每隔几年要争论一次。有的大学生宿舍里学生聚集起来诵读这篇文章，有的单位里干部们召开大会一字一句地批判这篇文章。究竟哪一个办法好，哪一个做法对，这里不必去明确它。不论如何，在习惯于平静的、定于一尊的中国读书界、出版界里引发出这么大的波涛，总是中国社会进步的表现吧！

《读书》曾发表过题为《人的太阳必然升起》的文章，又成为人们争论的话题。此文被人转载引用，批评它的人后来连文章和作者的名字都弄错了（可见原作如何，批评者实未见过），但仍然认为它"反对历史唯物主义"。文章中一些没有注明出处的马克思引语，竟被当作资产阶级言论而备遭冷嘲热讽。诸如此类，既没有把刊物编辑部吓退，也没有使他们激动。因为他们有一种自信力。

《读书》的特色，还有一点，是它努力张扬文化开放，传播域外新知。

八十年代以来，大家都深深感到多年禁闭、封锁之害。整个六七十年代，正是世界上科技突飞猛进，文化大为改观之际，可是这里的知识界却毫无知晓。《读书》既然鼓励读书，便不能不提倡人们论当今最新之学，读时下最新之书。这样，刊物上从新角度谈论新问题的文章增加了。作家刘心武在《读书》上发表过一篇文章，题为《在"新、奇、怪"面前》，既是一篇很好的书评，也表明了该文作者和《读书》编辑部的共同看法。的确，不管你愿不愿意，整个知识、文化界都"在'新、奇、怪'面前"，你能用一句简单的"邪门歪道"便把这些"新、奇、怪"都驱散么？我们还是采取另一种办法好：介绍进来，大家分析、辨别，然后吸收、消化、排泄、扬弃。另一位作家刘再复也在《读书》为长文，把文艺界几年来这种消化的过程作了一番综述。两刘的文章，在中国当今思想激荡之际，自然又引起了一番议论，甚至有人担忧马克思主义在中国的命运因此成了问题。各种议论之是是非非，还得继续讨论，但《读书》多年来提倡研讨"新、奇、怪"，包括重视中外比较文学，提出有分析地对待西方现代哲学（如存在主义），强调文化问题的研究，主张重新探讨某些现代西方经济学理论，引进国外法治思想，以及介绍海外重要的学人及其著作，看来还都是必要的。写到这里，不妨引一段《读书》最近一期（一九八六年第六期）发表的朱厚泽的文章，用来说明文化开放已经终于为有见识的领导人所确认：

> 从经济建设上讲，要实现四个现代化，经济要发展，科学技术要发展，离开了开放和引进不可能。但是有一个问题，就是思想文化要发展，离开了开放和引进行不行？有些人不太愿意回答这个问题。我说离开了开放和引进，思想文化要发展，也是不可能的……如果不开放，不吸收外国文化的进步成分，有利于我们发展的成分，关起门来搞我们的文化发展，就有许多困难。这一点不肯定下来，那就出现说不清楚的大问题。

《读书》从初期的倡言"解放思想"，到近期的主张"文化开放"，其言虽殊，其旨则一。几年来，物换星移，常年主持《读书》的老人或退居二线，或另有重任，个别的则已归道山，然而《读书》的宗旨基本未变。它既未韬光养晦，自缚手足，也没有庸俗低劣，追逐利润。

《读书》创办诸君，有的编辑过三十年代的《读书生活》，有的主持过五六十年代的《读书杂志》，在这方面既有经验，复多教训。于是在他们的设计之下，下了不少功夫，使得"书评八股"尽量减少（还不敢说绝迹）。《读书》文章的写法，多数是"言在书内，意在书外"，着重在熏陶、烘染、商讨、激励、触发。它从不"耳提面命"，指挥读者干这干那。做到这点，自然也非易事。要组写这样的稿子，费劲不去说，最麻烦的是，经常有热心捍卫文化事业的纯正性的人，写来耳提面命式的文章，而且通过种种途径，用耳提面命的方式要求刊登。有人明确说明，你刊此类文章太少，为了保证方向，特写此文，限于某期刊出。但《读书》既然方针已定，也就只得婉谢了。因此当然又少不了在内部、外部，引起种种激烈争议。

为了在文风上有点新貌，《读书》周围团结了一批善文之士，如费孝通，金克木，吕叔湘，柯灵，李一氓，杨绛，刘再复，王蒙，董鼎山，李子云，朱虹，高尔泰……值得一提的是，近两三年来，刊物上新人辈出。张隆溪的博治，黄克剑的精到，何新的凌厉，梁治平的深广，黄子平的尖锐，甘阳的汪洋，杨沐的透辟……俱不让前贤，可谓继起有人，前途无量！

不过说起文风，《读书》虽有创新，近年来却也表现了某些不足。这倒不是说出现了什么老的"书评八股"，而是深入浅出的文章减少了，艰深费解的文章增加了。某些文章，深入深出，已令读者心烦；更有极少数文章，浅入深出，则不免使人掷卷而叹！杂志的"可读性"是一本杂志的生命，必须千万珍惜。引进海外新知，自然不免导入新词新语，乃至新的思维结构，新的表现方法。但是，人们所以要办刊物，要宣扬新知识，目的无非是帮助人们理解、掌握。虽然历史上不乏有真知灼见而难读费解的文章，但对一个群众性的刊物说来，究非所宜。除此而外，《读书》上错字常见，切待改进。吕叔湘老人曾经语重心长地在刊物上指出此点，而改进似乎不大，值得重视。

一部分人的刊物

《读书》是什么？有人说得好，这只是一个"一部分人"的刊物。

这"一部分人"，有知识癖好，有审美情趣，不乏幽默，颇具才识。这中间有教授、学者，也有官员、战士，自然还少不了这些成员的候补者——大学生。他们不是为追求专业知识而读《读书》。他们是科学家、历史学家、文学家、哲学家、管理专家、退休官员……要精通专业，自有他们本专业的读物在。但他们要通过读书了解世界，了解社会，了解人间；他们大多已经有了"精深"，现在他们需要"横通"，于是他们迷恋《读书》，成了"一部分人"。

《读书》不只解决"一部分人"的知识饥渴，帮助他们获得"通识"（Liberal arts），更主要的，是反映他们的要求，从中国知识界的角度来观察社会、世界和人类。

一九七九年四月它创刊时，以一篇《读书无禁区》的论文，博取了无数读者。当时中国刚经历"文革"浩劫，遍地是文化禁区，此文在这方面敲响了破禁区的锣鼓。此后，它屡有惊人之作，也屡遭种种非议，然而此中人乐此不疲。盖刊物无言论即无生命，此三联书店创办人邹韬奋公之遗训也。

《读书》之言论还应以情趣胜。我们以为，中国知识分子目前需要的不是"金刚怒目"式的揭竿而起，而是娓娓动听地说理道情。中国过去太多煽动、鼓噪、宣传，现在应当让位给启蒙、讨论、引导。更何况，《读书》不是专业刊物，它只是一个"小杂志"（Little Magazine）。它的大多文章不是供读者正襟危坐地恭读的，而是供知识人士"卧读"的。因此，它如果没有文采风流，便等于失去了灵魂！

这份在中国大陆每月销行八万份的刊物，是由一批知识界前辈创办的。最主要的是名记者陈翰伯先生和名语言学家陈原先生。两陈在中国素有文化界之"CC"之称，他们的开明、经验和威望给刊物带来生命，是这个刊物维持至今的原因。根据他们的教导，《读书》爱交朋友。每月二十五日，《读书》杂志都要同知识界的朋友欢聚一次，畅谈细说，也很欢迎海外朋友参加。也就是我们所说的"服务日"（Service day）。

可惜的是，在近年的"服务日"里，人们已见不到陈翰伯先生了，陈原先生也难再光临。现在主持和编辑《读书》的，仅是后辈小生，至于是否足称"传人"，却待读者评说了。

一九九五年三月二十二日

一场神经病

现在出版界盛说"品牌"。我辈有时也被好心的人士列入出版界能维护"品牌"的从业者行列。其实，像我这样在计划经济体制下成长的出版学徒，长期以来，何尝有过"品牌"观念。我们只知道听上面的话，不出上面不中意的书刊。你去自创一个什么东西叫"品牌"，要是不合上面的意，岂不是自找麻烦，自讨没趣？

这种观念，我一直维持到二十世纪末。上世纪八十年代起编《读书》杂志，"品牌"说似乎稍稍有点露头。但愚鲁如我，直到这个世纪的最后十年光景，才开始想到：在那个叫作"生活·读书·新知三联书店"的招牌下，是不是也该自己设计一点该做的事了。

一九九二年十一月二十七日，鄙人虚度六十又一，已经不主持三联书店的工作了。这时觉得自己不妨"罗曼蒂克"一些，又仗着新领导的纵容，于是斗胆写了一个意见，报送各方。意见第一段谓：

中国的著名出版社均有出版刊物的传统。一九四九年以前，商务、中华各有年出十大刊物之说。三联书店更是以刊物起家，无论本店图书出版之盛衰，几大刊物（尤其《生活》杂志）总是由店内主要负责人亲自主办和竭力维持，使之成为本店的一种"门面"和联系读者之手段。本店之三个名称（"生活""读书""新知"）即为三种杂志之名称，是为明证。据说，胡愈之（一九四九年后的出版总署署长，三联书店创办人之一）始终认为出版社应以办刊物为重点，而以未能在他生前实现为憾。一九七九年筹备恢复"三联"建制之际，先以恢复《读书》入手，迄今十三年，看来也是成功的。因是，无论从传统经验，还是从当前实践看，出版社办杂志都是必要的（有些国外经验也许更可说明此点）。

写这段话，是读了不少文件特别是店史以后的心得。

既有文件和店史支持，于是突然头脑更加发热，居然提出立即要办十个刊物。当时设计的十种是：

（1）《时代生活》（月刊）——用深入浅出的语言，对改革开放带来的种种新现象展开多角度、多侧面、多学科的报导和分析，侧重点放在促进新的生活方式健康成长之基点上。这实际上是《生活》杂志的现代版。如果主管机关允许重用《生活》刊名，则更佳。（2）《开放经济》（旬刊）——对外报导中国经济之发展，对内指导中国读者如何从事经济活动，既使人们懂得经济事务之重要以及操作、运行之道，又要防止人们成为单纯的"经济动物"。（3）《生活信箱》（半月刊）——供一般市民阅读的大众性刊物，继承《生活》杂志的优秀传统，用亲切的语言以通信形式为群众排除生活、心理上的种种疑难。（4）《读书快讯》（半月刊）——《读书》杂志之通俗版，着重在培养读者对书刊的爱好和兴趣。（5）《译文》（月刊）——适应开放改革之需要，译述国外政经学术文化之重要文章，让中国读者了解域外最新信息。（6）《东方杂志》（月刊）——如"商务"暂不拟举办，拟由本店接手，敦请陈原先生主编。如商务不拟让出此刊，则易名为《新知》杂志，性质仍为综合性的高级学术文化刊物。如果陈原先生俯允，还以他主编为好，因他原是"新知书店"旧人，有此因缘，较能贯彻"三联"传统。（7）《艺术家》（月刊）——介绍和鉴赏中国文物及艺术精品，推动中国文化走向世界，提高国人生活品位。（8）少年刊物一种（内容及刊名待设计）。（9）艺术摄影刊物一种（内容及刊名待设计）。以上九种，加上三联书店原有的《读书》，合共十种。拟在2—3年内次第实现。

这种设计，说实话，即使实现，也只是我的"遗嘱"。在我本人说，自己"下岗"在即，自然是一个刊物也做不了的。拿了这个设想，托人情，走门路，处处请托关说。结果不少人看了觉得是匪夷所思，简直是神经病。几次周折，到是年十二月八日，才从神经病稍稍回到现实，把计划改为出版三种刊物:《现代生活》（月刊）、《经济生活》（半月刊）、《新潮生活》（周刊）。于是上报。又经周折，最后落实为一种，即《三联生活周刊》。在我作为高级秘书提刀写成的申报办《三联生活周刊》的"办刊理由"是："本刊为邹韬奋同志创办的声名卓著的《生活》杂志之现代版，以此向海内外表明：《生活》杂志一脉尚存，继续在为社会主义现代化服务。"光明正大，有道有理。这个计划总算批准。于是，到一九九五年一月，《三联生活周刊》出刊了。

要说明的是，三联书店早有恢复《生活》杂志的意愿。一九八〇年至一九八一年，即已开过一些座谈会，还出版了《生活》半月刊试刊。

九十年代末，在自己临近全面退休之前，大发了一场神经病。凑着好时光，因着三联书店新领导的敢于承担风险，总算因而让我们有了一个好杂志，让三联书店由此可以对外宣称："《生活》杂志一脉尚存，继续在为社会主义现代化服务。"这话翻译成时髦的语言，无非是说：我们维护住了一块历史品牌。

现在，谈"品牌"不再是发神经病了，也许不要"品牌"反而成了神经病。时至今日，我经常想起管理学大师杜鲁克的主张：不去算旧账，赶紧往前看，去创造更多的机会。按时今的说法，就是创造更多的品牌。

这个期望落在时下在三联书店秉政的诸君子身上，特别是《三联生活周刊》身上了。

二〇〇五年

天天"谈情说爱"

人活到了七十光景，大概已可说同男女情爱之事了无干系。不过，我还是喜欢把自己每天的活动描述为"谈情说爱"。可以说，近五六年来，尽管已退出江湖，还是无日不在"谈情说爱"中度过。

当编辑，说来归去，重要的一条是所谓"人脉"。没有"人脉"，不结人缘，何来稿件？何况作家们又是一群世间最敏感、最富情感的高等动物，不动之以情，示之以爱，简直没法跟他们谈到一块儿。尽管现在世界大变，当好编辑的基本本领已经是会开价、善杀价，但要长期做事成功，恐怕还得靠这"情""爱"二字。近读美国名编的新著 *Another Life*，更信其说。

这自然是改革开放以后的想法。在这以前，出版一部稿子先要作者所在单位的人事部门去调查，看看此人有什么政治问题，即使没问题，彼此也永存戒心，无法坦率交换意见，遑论到"动之以情，示之以爱"的地步。说来凑巧，改革开放之后，最早让我意识到要改变做法的一本书，名字就叫《情爱论》，八十年代初的某日，我忽然读到一本俄文书，觉得大开眼界。它用马克思主义观点，对男女之情作了完全不同于我们在苏俄小说中读到过的新说。我那时亦已早为人父，却为这种爱情观入迷，赶紧央高手译出。出书之后，一下印了上百万册。我不敢说这本书现在还如何值得读，但它实在是迎合了刚改革开放时的思潮，打动了一大批少男少女的心。三联书店当年出的《情爱论》，其实还略有删节。我为避祸，在书中悄悄删了几千字，大多是描写"肉欲"的正当性的。现在三联书店的同事们已将这几千字恢复重印，真是功德无量。

打从出版《情爱论》后，我深信"情爱"之为正当。因此，尽管自己没赶上好年头，无法在花信之年实行《情爱论》介绍的种种故事，但是，终算在老年昏愦之际，还可以天天打着"谈情说爱"的幌子，同众多可爱的新老文人学士，在咖啡馆（多半是美术馆东街22号那家）讨论种种"情事"。信弗洛伊德的学人一定会为我的这种心理找出根由，但在我说，也顾不得这些了。

按瓦伦丁节的本意，我辈大可不必来凑热闹。既然编辑女士愿意我说话，那我就最后来一个祝福：愿与我们当编辑的永久的"情人"——世上最多情的作家们，永远相爱！

二〇〇〇年二月

我的"黄金时期"

　　年近八十，干出版这一行从头到今，把退休之后的时光也算上，已近六十年了。我经常细忖，在这六十年里，哪一段是我的"黄金时期"呢？当然，上世纪五十年代上半期的习艺时期，八十年代里主持三联书店和《读书》杂志的事业高峰时期，都是我常常记挂的。但是，就自己做事的顺手、心情的愉快来说，二十世纪末叶到本世纪初叶，这短短的近十来年时光，是我个人最经常称道的时期，值得叫作"黄金时期"。

　　这十来年，我已经从"革命出版工作"的正式岗位上退休了。但是精力还没太衰退，"贼心不死"，想做些事。蒙扬之水女士热情，介绍我在早些时候认识了辽宁教育出版社的老总俞晓群先生。他又是三联书店的作者，在我任内出过书，但不是我经手的，并不太在意。我注意他的，是他主持的出版社长年在《读书》杂志封底登广告。于是，许多年来，他在我心目中是一个重要的"客户"。对于像我这样的小商人来说，客户是重要的，但也仅此而已，自然还比不上我老挂在嘴边的"衣食父母"——作者。

记不得是怎么同这位先生挂上钩，我为他们编起书来。起先小做，后来越干越起劲，我在人民出版社后院借了一间房子，把我认识的相邻出版社的年轻朋友组织在一起，俨然是个小的"工作室"了，只是那时出版界还没有"民营"风，所以这种组织活动没有任何名义。但是，我在此前也当过领导，主持过出版事业，何以到这时会变得那么兴高采烈起来呢？这就说到正题，也就是俞晓群老兄身上了。

俞兄领导出版的特点，我最初的印象是：放手。我当年管出版社，毛病就是不大放手。我做出版是从最下层做起的，当了领导后就有点不肯放手，因为总觉得我对底层工作内行，喜欢说三道四，让下面的同志为难。而我自己又长年处于"一仆二主"的处境，老埋怨长者不肯对自己放手。现在这位比我年轻二十多岁的"长者"，却对我大放其手，让我惊异异常。其次以为这位老兄的放手是他自忖外行。这当然也是优点。但是后来多些接触，却发现此公对工作的探究，远胜于我。他的放手，是出于会心，而绝不只是藏拙。说到他对出版工作的深究，最明显的是对王云五的看法。俞兄提出要学习王云五的经验，编"新世纪万有文库"，我颇为吃惊。因为我是在左派培养下学做出版的，又在抗战胜利后"金圆券"时代过过苦日子，所以对王云五的大名深恶痛绝。难道王云五还有出版工作的"经验"？后来，我确实尝到了甜头。"新世纪万有文库"三个系列，我最喜欢的不是我编的"外国文化系列"，而是陆灏老弟编的"近代文化系列"。读到这个系列，我彻底拜服了。从俞晓群到王云五再到陆灏，我拜到了三个老师，而首先当然是俞晓群。

俞兄对出版业务的深究，源于他的刻苦。他对工作的构想，大多来自对现状和历史的广泛涉猎和深入探究。我后来知道，他参加各种活动，归去都写入日记。有机会见到他的一些札记，极为全面完整地记下当日业务上的见闻和观感。总而言之，我由这么一些对他的相当肤浅的观察才知道，他的获得成就，实在是"良有以也"。这一点，我们在俞兄即将出版的这本《这一代的书香》（将由浙江大学出版社出版）里，是可以明显地感觉到的。

在同俞晓群这样的合作条件下，在这十几年里，我编了一些我多年想出而未果的书。全列太繁，举其一端——《吕叔湘全集》。吕老是我多年崇敬的长者。从我六十多年前作佣为工时在柜台下自习他的《中国人学英文》起，就一直崇拜他。做出版后，苦读《语法修辞讲话》，使我在侪辈中稍高一筹。后来想搞业余翻译，又从他译的《伊坦·弗洛美》中学到不少好东西。直到我主持三联书店，结识了他本人。他读我编的《读书》后，几乎每期看后都给我写一信，指陈他读后的看法。有这样的学者为"后台"，让我大壮其胆，在改革开放的年头敢于大胆工作。我多年总想为他老人家出一集子，不单是报答，更为了传播。但在我在位时，没这实力，现在同俞兄一说，居然一拍即合。《吕叔湘全集》十八卷，是我出版生涯后期的着力之作。工作有不少缺点，但我毕竟愿已了了。凡此种种，岂非都源自俞兄所赐？！我所以说"黄金时期"，这是重要的方面。

夸了半天，这位俞先生有没有缺点呢？我在别的地方指出过，这位研究中国"数术"问题的专家（他在三联书店出的第一本学术著作便是《中国数术研究》），实在并不大会熟娴地在出版工作的斗场中运用传统的"术"，因而他比较容易为人所乘，所算计。中国官场，特别是文化官场之"术"，实繁有徒，我们也不必细说。好在俞兄也志不在此，那就不去管它了吧。

二〇一〇年一月二十四日

过去和现在的"三结义"

俞晓群、陆灏和我，在将近二十年前就有过一次"三结义"。那时，我刚要"退居二线"，但是贼心不死，还想做事。更主要的，是多年的出版工作让我结识许多名流，都是做文化的好资源。原单位的新领导不会不让我再做点小事，但是，我知道，老一辈的领导是不希望我再做什么事的，我的愿望会让新领导他们很为难。谁让我在过去一些年里那么不会伺候老人家呢！这时我概括过自己的心情：出于爱的不爱和出于不爱的爱。我只能离开我钟爱的原单位，同新结识的朋友们去"三结义"了。

完全没有想到，封建社会里的自由结义形式竟然胜过我多年习惯的领导任命方式。我们的"三结义"居然越搞越热火。没有多少年，做出来的东西，无论质与量，都让我惊喜不已。举例来说，先是《万象》杂志；接着是"新世纪万有文库"，几百本；后面来一个"书趣文丛"，六十来本……这些成绩，都是我过去不能想象的。自然，这些书的问世，还得感谢许多参与其事的其他同事和朋友，恕我不一一列举了。

那时"三结义"的"桃园"在沈阳的"辽教"。以后时过境迁，我们的刘备——俞晓群——迁出沈阳，于是，现在再次"三结义"，改在北京的"海豚"了。

出版社而名"海豚"，对我来说是个新鲜事儿。但我知道海豚爱天使的故事——"天使想给海豚一个吻，可是海太深了。海豚想给天使一个拥抱，可是天太高了……""'天使，我如何才能得到你爱的馈赠……'海豚痛苦地低鸣。"

现在，解决海豚痛苦的，不是别人，正是那位来自黄浦江边的著名渔人——陆灏。陆灏结识天下那么多能写善译的天使，他们会一一给海豚以深爱，以宏文，让海豚名副其实地成为一条出版江河中生活得最顽强的鱼——俞晓群领导下的出版大鱼。

我遥望海豚的胜利和成功，乐见俞晓群、陆灏两位愉快的合作，特别是读到大量我仰望和结识的天使们的怀着深爱的作品。我高兴自己现在也还是"三结义"中的一员，虽然什么事也没力气做了。我今年七十九岁，能做的只是为人们讲讲故事，话话前尘。以后，可能连这也不行了。但是无碍，我不论在不在这世界，还是相信：二人同心，其利断金，俞、陆的合作会有丰富的成果。遥祝普天下的天使们，多为这两只来自祖国南北两隅的海豚以热情的支持！

二〇一〇年五月

有思想的出版家

俞晓群的这本《前辈》，收集了他写的对现代十来位出版大家和关心出版的学问家的考察和理解，对我这样算是时下还存活着的"老出版"来说，也是觉得内容够丰富的。

我早就表彰过他对王云五的研究，特别是他勇于实践王先生的理想，创办"新世纪万有文库"。但想不到，他对巴金等大文人的出版活动也有那么深入的了解。将近三十年前，我有幸主持三联书店编务。三联书店在一九五三年起就在出版界被实际上除名。八十年代起逐步恢复，原有的资源都没有了。我因出版巴老的著作，注意到他的译品，更进而研究他主持的出版社出的翻译书，发觉很多选题在改革开放初期特别有用。于是想方设法或重印，或重译，大大丰富了三联的出版品种。读了俞作，觉得他的理解比我当年深入得多了。巴老几十年前的选题思想，是到中国改革开放时期才真正起了作用。人们对巴老，往往注意了他的文学创作，而较少关心他对中国出版事业的贡献。俞晓群对巴老出版思想的表述，应当说现在还有现实意义。这是我读此书的第一个收获。

俞晓群论陈翰伯、陈原、吕叔湘各位大家，资料大多是我熟悉的。我惊异的是，他往往能在许多我以为平常的事情上有独特的看法。例如吕叔湘老先生的那几十封信，都是写给我的。我相信，尽管我整理出版了这些特别有用的"编辑教材"，但是注意它的人不会太多。俞晓群对这些信"情有独钟"，使我特别高兴。现在刊物的无论读者或编者，大概都已没这雅兴去关注自己刊物的这些"文事"了。我遗憾的是，当年我也并没有很注意钻研它们。我过去同晓群兄合作，最后的一件大事便是出版吕老全集将近二十卷。这基本上是我的出版从业史上的最后一局。但是，由此关注一位大语言学家的出版思想，大概以俞兄为第一人。

最后，想特别一提集子最后的谈邹韬奋、胡愈之的文章。我同他们两位老人家都应当说有特殊的关系。我可以吹嘘说自己是韬奋事业的"继承人"。因为我是改革开放后刚恢复的三联书店的第一任总经理。至于胡愈之，当我一九五一年到北京参加出版工作时，他居新中国出版工作的最高位，我是最低的小校对员，层次相差太远。但我非常关注这位大领导的言论，努力学习。那么多年来，最令我学之不倦的是俞文中最后提到的他给孙起孟先生的信。此事知者不多，然而放长远来看，意义实在重大。对这两位先驱者，俞晓群概括得非常好："他已经没有了说话的力气，但他还是顽强地抬起手，奋力写下三个字：不要怕！"

我觉得，对于出版界先烈的事业，必须首先学习他们的思想，然后勇敢地实行，不要怕！我一生没有做到这些，是毕生的遗憾。

二○一一年二月

我的宽容和不宽容

二十多年前在中国出版房龙的《宽容》中译本，是我个人出版活动史上一件值得一提的事。

上世纪八十年代之初，阴差阳错，我受命主持三联书店编辑部。那时，三联书店还没独立，只是人民出版社的一个编辑室。但是，随着《读书》杂志的创办，三联书店的名声显然逐渐彰显。一些前辈也正在筹备三联书店独立的事宜。德高望重的胡绳同志就为此多次说过意见。

在改革开放的一片新的举措中，我不大着意出版中国学人的个人专著和论集。不是不重视，而是由于范用同志当时是人民出版社领导班子中分管三联编辑部的社领导，他团结了一大批专家、学者，从《傅雷家书》到李洪林、王若水等的文集，全由他一手张罗，我们凑现成就是。我要做的是，设法出一些翻译书。

出翻译书，一直是我兴趣所在。我当时接触多的前辈，也喜欢同我谈这方面的事。陈原同志最关心我的工作，他总是主张用外国人的口来讲中国改革开放中应该说的话。外国人中当然首先是马恩的故事，如他再三要我学习和宣传马克思的《评普鲁士最近的书报检查令》。慎之同志也愿意同我聊外国的事情。他在出版翻译书方面的主张很明确：要向后看。他认为，中国只是一个发展中国家，离西方发达国家还有一定距离。因此，他鼓励我从二战前后的西方书籍中去找寻选题。还有一位董乐山同志，我们也常聊天。他更明确地主张"借题发挥"。他当年主译《第三帝国的兴亡》，是我经手的"灰皮书"的第一本，那时就十分清楚他的用意所在之处了。

我当然要把这些想法向范用同志报告。他很赞成这些看法。他有一个具体意见：要我发掘一下上海在四十年代出过的翻译书，因为他记得他们当年的思路就同这接近的。

这样，我终于找到了房龙。凭我的英文直接读房龙那些原文书是很艰难的，我找到的是房龙的旧译本。这一下子打开了思路，赶紧找原书，物色译者。暂时没找到译者，就由编辑部自己来翻。于是,《宽容》中译本就在三联书店独立前夕出版了。出版以后学术界影响很大,我记得吕叔湘老人就专门对我说起这书,表彰这题材选得好,同时也指出当年译本中的若干缺失之处。

尽管有那么多"后台",可是说实话,我当年出这本书还是胆战心惊的。三联书店在此前二十来年出过《胡适思想批判》八大本,我不是责任编辑,但深知其中经过。《胡适思想批判》起初决定用人民出版社名义出,领导机关临时改变,用三联书店名义出。打这以后,我的心眼里就把三联书店同胡适划清了界限。那么,现在来讲《宽容》是不是会宣扬了胡适?我当时心中没底。无奈,我还是老办法:用不宽容的办法做出版。这是我出版生涯中学来的重要的一招:不宽容作者多说多话,尤其是不让外国作者多说不得体的话。于是,中译本中讲宽容过于明白的地方,我都在决不容许外国人乱说乱话的不宽容的思想指导下,一一设法删去。记得特别要删的是房龙批评斯大林不宽容之处。

尽管这样,在二十多年前,中译本还是销得很好。因为我们在这以前的年头里实在被"不宽容"统治得太久了。

作为一个过来人，特别感谢现在的出版社能在真正宽容的思想指导下，出版了《宽容》的新译本。这是我这年近八十的老迈之徒赎罪的好办法。

二〇〇九年五月

"新世纪万有文库"缘起

　　我们正在做一件好事情。先人已经做得很好了，我们还要老老实实地做下去，力争好起来。

　　当年商务印书馆的"万有文库"风靡一时，至今余响不绝。我们照抄原名，冠以"新世纪"，以示时代差异，但承继之意是不言自明的。

　　要设计一个所谓世纪工程，选编一些人人当读的书，"万有"一词再恰当不过。这就像把物体间的引力称为"万有引力"一样，它无所不包，无处不在，不叫"万有"，还叫什么！我们只能赞叹王云五和他的友人、同人的聪明才智，并且乐于承继。

　　要承继的，不仅是一个名称。当年编辑"万有文库"时，据传得到了一大批顶尖人物的支持，有蔡孑民、胡适之、吴稚晖、杨杏佛、张菊生、高梦旦等三十余人。我们

126　八十溯往

这一代人，得失与短长都是显然的，无论是"比不得"还是"不可比"，专家都非请不可，于是也有了陈原、王元化、顾廷龙、金克木、董乐山等三十多位海内外的大家出任总顾问或学术指导，还有一些有经验的朋友担任策划。当然，聚合这样一些顶天立地的人物，不是我们的功劳，我们也无此能力；他们是冲着"新世纪万有文库"这一富有使命感的大名而来的。这只能增加我们的责任，使我们感到，无论对时贤或是对先人，我们的工作都只能做好或不能做坏。

在出版、发行方式上，也有不少承继。六十年前，商务的"万有文库"在廉价简装上做文章，而其销售则以图书馆作为主要对象。我们今天大体仿此，只是销售对象适应今天的情况更加展开一些。在这"豪华本"和奢侈消费盛行的时代，向读者提出"你的简装书来了"，不免悖时。但看到当年的"万有文库"本在今日旧书肆里依然受到欢迎，也就有了信心。做出版，原是要做"长命"的事。"商务"诸前贤，当年筹划种种，又何曾想到身后的声名会如此流芳多年呢？！

较多不同前人的，大概是内容。"新世纪万有文库"大别为三："传统文化书系""近世文化书系""外国文化书系"。"传统文化书系"重在传统古籍。我们所收，内容自然不出前人曾定范围，书名雷同者至夥，但在"新世纪"里，当求其选题更适合时代需要，校审更精。文本皆系"白文"，后人注释例不收录，以显其文献的本初面目。

"近世文化书系"，系指一九一九至一九四九年卅年间学人著述，以及一九四九年迄今的大陆以外学人的研究成果。这一部分，纯然出于中国大陆知识界步入"新世纪"之需要。过去的年代中，对这方面的成果注意不足，现在我们予以整理编选。希望有了这些书籍，加以中国大陆近几十年特别是改革开放以来的丰硕成果，足以显示全世界范围内中国近代学人的全般辛勤劳作。

"外国文化书系"，面广流长，颇难抉择，加以许多基本著述国内都已译出，重译重出，似无必要。我们准备首先选编一套外国文化学术读本，以为这套文库有关部分的基要，另外，则多收一些大作家的小作品，以及近人新作，或名著另译，总之不少是国内已有工作之补苴拾遗。揆诸现状，吸收外国文化，仍然要在启蒙，因此思想之新颖及叙述之生动，还是我们选题的着眼点。

站在前人肩膀上前进，自可省力多多。然而古今毕竟异时，新旧究实不同。我们汲深绠短，难以说可能成就几何，只是如文前所说，"老老实实地做下去，力争好起来"，是我们确定不移的宗旨。通人雅士，幸有以教之。

　　　　　　　　　　　　　　　　　　一九九六年十二月

"万有文库"
——让中国跟上世界

对"万有文库"，我辈本没有什么置喙的余地。第一，我这年龄的人，其实没见过完整的"万有文库"。等我想读这套文库时，它已是旧书店的廉价书了。第二，我这一代人，对王云五先生曾经很没好感，不只从政治上，更多的是从他们实行的什么科学管理方法，因为不少我所信从的前辈左派文人很不赞成这方法。

然而，在改革开放这二十年来，我逐步改变了看法。当然，开头是从对管理的看法改变开始的。既然我们现今那么强调管理，据我所知，我们不少地方实行的管理方法，其严苛大概较王云五又有过之。那又何必去责备前人呢？

等我进一步比较全面地了解了王云五的出版观念，才深深地感到，王云五真是一位了不起的出版人物。至少就"万有文库"说，他是用适合时代要求的新观念，把中国出版事业往前推进了一大步。

"万有文库"一共两千来册，分两批出版于一九三一至一九三五年五六年间。我没有能力去分析也没有听到有人提出其间收入什么惊世骇俗之作，但是，就总体说，把这么多有益于启蒙的论著成批推出，确如李欧梵教授所指出，它是那个时期"在界定和传播知识上最具野心的努力"。"这种浩大的工程是远远盖过教科书计划的，因为它的野心是要把'人生必要的常识'灌输给出版市场所创造的读者群。"当中国读者最需要启蒙营养的时候，这真称得上是一个前所未有的大手笔。

有位王建辉博士专门研究王云五的出版观念，他的专著《文化的商务》对我们了解"万有文库"极有帮助。他指出："这套丛书，最明显的特点在于读者定位的准确。它以普通读者为对象，以全面而通俗的方式传播文化知识，成为一个方面的杰作，是二三十年代最成功的出版物制作，故而受到普通读者，尤其是中学生和知识青年的欢迎。"王著称"万有文库"是"杰作"，是"最成功的出版物制作"，应当说并不为过，的确，此前乃至此后，似乎还没有这样的大制作。我斗胆在这里用了"此后"，因为就我的记忆里，我们近几十年里并没有在那么短的时间里出过这么大篇幅的综合性丛书。许多当代出版家欲步后尘，甚至打算超过，例如胡愈之老人六十年代初创办的"知识丛书"，当时雄心可谓大矣，来头可说壮矣，可是没过多久，连"知识"两字也不能再提了。

"万有文库"，说到底是一种普及文化的活动。入选其中的，从国学和西学经典到哲学、历史、社会、文化、自然科学乃至"现代问题"，这么一种文化壮举，"无疑是受让中国跟上世界这种欲望的激励"。这是中国人民几百年来的共同愿望。王云五之所为，无非是符合这种需求而已。

遗憾的是，这套丛书出到第二辑就夭折了。此后的中国，总在"乱"中度过。乱世是难以成就大事的。直到现在，可说又逢成就出版的丰功伟业的良机。我们只希望人们为出版家们提供足够宽松的环境，允许当今的出版家直追乃至超过王云五。因为"让中国跟上世界"永远是中国出版家乃至全民族的最大愿望。

二〇〇〇年十二月

关于"书趣文丛"

　　中国究竟是有几千年文明的古国。政治上闹感冒的时候，经济上犯穷病的光景，人们发些"读书无用""百无一用是书生"的牢骚。日子一好过，政道一通畅，大家想到的多是如何建立一个"书香门第"——为自己的家，也为社会和国家。

　　所以，要说"读书有用"，古贤今哲，说过的话尽多，可举的范例也尽多。不过，读书要怎么才能"有用"，认识却未必一致。从历史到时今，占主要地位怕还是那种把"读书"和"有用"直接联系起来的看法，所谓"颜如玉""黄金屋"即是。要换个说法，也无非是说读书之后，要立即用书中的知识去为现实任务出力，不然就有"遗少气""头巾气"之嫌！

　　我们编这套丛书，正是要想说明，"读书"这件怪事，实在并不简单。读以致用是好事，并不立即"致用"也不是坏事。甚至可以说，作为一个知识者，人人都应有"致用"和"不立即致用"这两种读书态度的结合。什么是"不立即致用"？那就是把读书当作一种兴趣，简单说来，"书趣"即是。

我们请了一些读书的大行家来现身说法。不是请他们来说自己如何读书成"趣"——那未免俗了，而是把他们"读书成趣"的成品展示出来。这成品全是作为趣味的读书结果，却未必时时处处都点出自己读了什么书、作了什么"悬梁刺股"的努力方觉臻此。作者们读书已成"趣"，所得的结果也大多能使读者觉得有"趣"，即可以读得下去。如果大家都以读书为一"趣"事，由此多产生一些"趣"，不亦有益于"书香门第"之建立乎？！

或谓，这种做法，其实只是拾古人之唾余，不是什么适合时代要求的办法。所谓"遗少"之责，多半来此。这涉及对中国读书传统的看法，这里不去辞费。要说的是，这种读书方法，要说"时代"，其实是最时髦不过的。我们现在最现代的读书观，便是反对主体和作品的对立，把所谓读书，说成只是领会作者的本意。好在这套丛书的作者，不管他们是不是"后现代"的，他们的读书，却都能跳出这一框子，不把读书看成教训与被教训、赐予与接受的关系，而只是一种"对话"。因此，他们方能不为某书某人所永久俘虏，而能以自己为本位，"自"得其趣。

自然，读书成"趣"，其病亦多。一个毛病，便是成了蛀书虫，变成书淫。在一个宽容的社会里，蛀书虫也会受到表彰，不是坏事，但究竟难以在商品经济中讨得生活，成为"大款"。我们几个编书匠，以"脉望"为名，也只是想以此表明自己已患此"病"而已。"脉望"是蠹鱼之一种，是蠹鱼吃了书中的神仙字化成的。传说服了用脉望煎的水，便可"白日飞升"。这是古人把读书致用和不立即致用两者相结合的一种美丽的幻想。我辈有幸，平时时常贪食当代读书成仙的大家的许多"神仙字"，现今不能飞升，却得蒙厚爱，允许所作编集问世。我们愿意永远抱有做"脉望"这一幻想，为中国的读书界做些微末的工作。

"第一推动丛书"推介

对于科普读物，我们总有一种过于简单的理解：它是青少年进入科学殿堂的入门之钥，是未来科学家的初步读物。在这种理解之下，一个成年的甚至是有成就有教育的知识分子，特别是人文科学的学生、研究生，似乎与这些科普读物无缘，他们的科学训练，只能停留在高中毕业的阶段，再往前走，殆无可能。这种情况如果放在过去是可能的，现在是完全不能适应形势了。

在目前科技和人文科学急速发展的情况下，一个人文科学工作者，特别是一个哲学、社会学、文学研究者，绝不可能是"科盲"。当前的学术要求是，每个学人，如果不重视各门科学"整合"的研究，不注意发展交叉学科，特别是不借鉴科学技术方面的新发现、新方法，自己的研究和成就就要受到极大的局限。可是他们如何去获得这些别的学科的知识？他们已没精力和能力去读一本新出的权威的《物理学教程》和《天文学教程》，他们也已没有可能去读懂或解开一道数学题。达·芬奇式的全才，在当前世界上已不可能出现。

这样，就出现了对"高级科普读物"的需要。所谓"高级"，我理解，它指的是知识的涵盖面宽，要求读者的知识修养高，所叙述问题的程度深。这一点，区别于青少年阅读的初级科普读物。但是，它基本上是文字叙述，只谈事情来龙去脉、必要结论，没有对论述的科学论证，不谈实验数据，因而，它还是普及的。这类"高级科普读物"国外颇行其道，国内却很少。国内的科学家所写的，往往还是"初级科普读物"。这也反映了国内科学家哲学训练、理论统摄和叙述能力方面的某些不足。

湖南科技出版社出版的"第一推动丛书"，我是把之当作这类"高级科普读物"来理解的。它所叙述的，不是某种在现实生活中有用的科学知识、科学技能，而是一种科学的精神，或曰"科学的原动力"。这是科学的最高级的问题，也正是每个有教养的知识分子，每个人文科学工作者所必须关注的事情。掌握了这方面的知识，才能明了自己和自己的学科的地位和本质，才能启发所谓"自身成为自身的主宰"的自觉。

这套丛书出版未久，我未及细读。但是其中两本我是早就购读了台湾译本，并且立即受到震撼的。第一本是霍金的《时间简史》。我完全不懂天体物理学，读了它以后，我想也仍然不懂天体物理学。如果为追求这方面有关知识，不如去看一本天体物理学讲义。但是这本书先讲我们一种解开时空之谜的不懈的创造精神，这是任何教科书里难以找到的。我曾经为此书专门访问英国驻华使馆文化处，建议他们支持出版本书简体中文版。可惜这一建议未被接受。第二本是刘易斯·汤玛斯的《细胞生命的礼赞》。台湾译本名《一个细胞的生命》，久大文化版。这是漫画家蔡志忠先生送我的，他说他生平最服膺此书，由此悟及人生之无垠，对他自己的生命哲学的形成，极有启发。他把自己随身必携的此书送我，我们在从广州到北京的飞机上就生物界的生命问题讨论了二小时。回家以后，细读此书，端的不凡。我由此也进一步感染到生命的快乐。整个说，上述两书，一本讲宏观世界，一本讲微观世界，但都充满哲学的睿思才识，是每一个知识分子不可不读之书。这是每一个成年知识分子必不可少的"科普读物",不然,你就会离这个科技革命的时代太远,甚至有可能被科技革命所带来的物质繁荣所淹没。

因此,我愿很负责地推荐这套"第一推动丛书"作为国家图书奖的候选书。

一九九三年五月八日

推介《纽约客书林漫步》

　　八十年代初提出改革开放以来，董鼎山、乐山昆仲对于帮助中国读者了解美国文坛，促使中国知识界同美国文人建立联系，从而借鉴西方文化的得失，是立了大功的。

　　应当说，六十年代初我国宣传文化部门的领导就已提出了解美国文化的需要。我当时借调在中宣部出版局所属"外国政治学术著作办公室"工作，得以结识一批国内的有关研究者，组织出版了一批当代美国文化著作。但当时着重点在批判，范围较窄。

　　二十年后，情况有很大变化，我们可以从单纯批判的角度，转而为全面引介美国文化。国门是开了不少，但是人才太少。原来依赖的专家，大多根本没出过国，缺少切身体验。在这种情况下，据我记得，我们得到帮助最多的第一位美籍华裔专家，就是董鼎山先生。他肯帮助我们，特别是同我这样基本上不解洋文的土编辑长期通信，除了乃弟乐山兄及前辈冯亦代的引介外，主要是，他确实对自己出身的国家，有一种由衷的、深厚的感情。

鼎山先生四十年代出国留洋，居纽约多年，但由于他在出国前就曾从事国内的进步文化活动，对祖国留恋甚深。他之引介美国文化，并非出自炫耀、卖弄，而确实是想帮助我们开阔眼界。这是大异于当时许多后起的文章的。

次则，鼎山先生在美国是真正生活在文化人圈子里，同不少文人有直接接触（他当时的职业是记者）。因此，他写的文章，真实性较高。他同我在通信中说过，他很重视自己写作时的这种"个人笔触"（Personal touch），我深然其说。从这个意义上说，这方面我们还"后继乏人"。因为现在留学生是多了，写东西不少，但真正深入美国文化界（而不只是金融界、华尔街等）的，还少。

我当编辑时，也编过鼎山先生几种著作，在三联书店出版，但都是小薄本。现在天津百花文艺出版社编出一本更为完整、详尽的，更可满足读者需要，不胜钦羡。

二〇〇二年四月二日

推荐《达尔文全集》

《达尔文全集》的出版，是我国一大批科学工作者将近半个世纪的努力的丰硕成果。五十年代中期，我记得，在周建人老先生的发动下，开始由生活·读书·新知三联书店出版《物种起源》。当年建老为本书出版所作的指示，言犹在耳。此后，译者们在极其坎坷的处境中，虽九死而无悔，译校达尔文著作不辍，以至今日，而有《达尔文全集》问世。其间，叶笃庄老人贡献尤多。

今年是"五四"八十周年。按思想源流说，由于中国人了解了达尔文，才得以产生"五四"思想，才得以有今日的启蒙思潮。所以，《达尔文全集》的问世，已不单纯是生物学家的成就，而是有益中国改革、开放的大功业。

一九九九年四月十二日

寻觅知己

——"天涯社区闲闲书话十年文萃"序

　　我多年做编辑工作，尤其是三十来年前编《读书》杂志，以及长年主持三联书店的编务，都十分依靠广大读者的信息。由于我们学了苏联当年的出版体制，出版、发行、印刷三者严格分家，在我们这里做编辑出版业务有个怪现象：生产者见不到消费者。我们所知道的市场反应，也就是一个印数。当然还有舆论。但是我们的书评工作多年来是比较落后的，不及时，不真实，反映不了多少读者的心声。这些在改革开放以后的今天，当然是大有改进了。但是，另一方面，书的品种却多了许许多多。相对来说，究竟改进了多少，还难说。

　　所以，我主持出版社的时候，有两个古怪的癖好。第一是喜欢亲自编杂志，因为它回馈读者的需求比较快。第二是愿意亲自拆看每天的读者来信，直接体认读书界的反应。后一个习惯惹起许多猜疑。因为我这个第一把手，居然每天等不及有关部门把读者来信整理上报，而是天天自己上收发室去取读，这至少也说明你这领导做事有点本末倒置了。但是，我自己却由此实在受到了许多教育。特别是，你出书、发文章总要说些皮里阳秋的话，不知道读者懂不懂本意所在。忽而读到一封来信，把你们的用心点出来了，快何如之！这叫什么？这就叫：知己！

以后退出出版工作者舞台，但是贼心不死，作为过时的出版人，还是经常想窥探社会上对书业的反应，以此自娱。也正好，其时也，IT行业大兴，出现许多网站。就中谈书的自然特别中我的意。这中间，号称"最有影响力的中文社区"天涯社区的"闲闲书话"栏目，引起我的特别注意。一些具有相同爱好、来自五湖四海的人互相寻觅，物以类聚，发帖、跟帖、七嘴八舌、真心实意地讨论某书某事，即时交流，激烈碰撞，精彩纷呈，煞是好看。每天，我都要到"闲闲书话"以及类似的三五个版块去盘桓个把两个小时，以为自娱。我不发表言论，仅仅是"潜水"而已。有时遇到某个网站或阅读某篇文章时要求我注册，我就敬谢不敏，不再光顾。有时对方的某文忽而出现"你无权阅读……"字样，我乖乖退出，不复纠缠。我从不登记注册，因为我总觉得，这么一个破老头儿，不值得人们如此注意。幸好，"闲闲书话"有容乃大，没有碰到这情况。如此这般，我就安心潜水，长久地与之纠缠不已，由此大开眼界，获益良多。我还十分关心海外作家的文章。说实话，这不完全是政治上的"异端"，而只是觉得他们的写作有新意，看了有启发。"闲闲书话"里不断更新的陶杰专栏，即是一例。

消息传来，"闲闲书话"开版十年，要出选集了。这我当然拥护。自己虽然天天上网，可是，遇到想保存的文章，还是得收藏或打印。出版选集，蒐集精华，以整体和纪年形式呈现中文网络阅读与写作的风貌、实绩和水准，是一个创举，很有意义，功德无量。

由之要我写篇序。值此"十年文萃"出版之际，为一小文，以答谢"闲闲书话"多年与我结下的缘分，亦为乐事。自然，更要答谢的，是当年在网上为文、现在收入本书的作者们，也就是那些位长期开导我、提示我的知己朋友。

推荐万圣书园

亲爱的执事同志：

我已退休多年，但仍时常认真学习领导关于出版工作的指示，此间并无明确目的，只是多年养成的职业习惯而已。这些年，一些领导同志提出的出版工作应以数量增长发展为质量提高的"阶段性转变"论，尤为我所心折。记得二十来年前，当时的读书界纷纷提出无书可读，迫切希望开放"文革"中形成的重重"书禁"，乃至有"读书无禁区"之议。此后尽管议论纷纷，而出书之路子毕竟日宽，以致有今日"书多得读不过来"的新的呼声了，这实在是中国读书人的福气！

在当前形势下，提供读书人更多的自由选择的可能自然仍需努力，而如何选择却显然是一个更为迫在眉睫的问题。但是，浩渺书海，都要靠读书人自己来选择，怎么可能？这当间，如果有一些知道读书人习性、爱好，了解出版社的特点、做法，乃至深稔书界行情和窍门的信得过的"文化商人"，愿充当"首批汰选"的角色，岂不甚佳？"阶段性转变"论要尽早实现，督促出版社自然必需，而鼓励书商们尽快成为优秀的"首批汰选者"，则更为一多快好省的可行办法。如果领导同志能设一"首批汰选奖"，为促进"阶段性转变"之及早实现，当不为过。

基于以上认识，我特以在国营出版业劳作近五十年的普通职工的身份，推荐万圣书园为此项"首批汰选奖"获得者的候选人。万圣书园规模甚小，与时贤要求的数千平方米乃至上万平方米的书店，不可比拟。但是，我每次入游，总觉得想要的书可以得到，本来不想看的并未在眼前出现。这后一点对读书人说来十分重要。因为大家时间不多，我们又不是出版业的"执事人物"，不必知道出版界出了什么可有可无之书，更不要研究其中的"动向"，予以对策。去书店，只有一个"自私"的目的：找几本合适的书回来。若然，如果没有要与男女朋友谈天、喝咖啡的需要，可以顺便去大书店的咖啡室小坐（顺便说说，那可真是一个优雅的去处——至少在北京而言），我宁愿到万圣书园，较为省事省力也。以我这个退休的老"书商"的考察，这家书园的刘老板，虽然长相雄伟粗壮，络腮胡子，略带"酷"意，更近蛮境，然而进书、售书以及应对的办法，却很讲究温柔细腻，并不令人惹厌！

退休之后，久未汇报思想、工作情况，甚以为歉！以上想法谨供参阅。

专此，谨致
深入改革开放的崇高敬礼！

沈昌文　敬上

一九九七年十月三十一日

爱"国林风"的一个理由

逛"国林风"，对我来说有一大麻烦：路远。遇到"国林风"有大减价优惠的机会，辛苦一趟，归来算计（我这文化商人，可恨的是凡事少不了要"算计"），优惠所得，只够付"打的"的。看来，常来"国林风"，非得把家搬到西郊，或者要等升迁到某一级，有专车才行。两者自然都是妄想。

但也还是爱"国林风"。莫非因为它是私营的，出于某种不可告人的原因，才爱上它？这也对，但多半不对。爱上它的一条主要理由，正好相反，是出于无产阶级的阶级的大众的因由：它有个供大众需要的可以读书的咖啡厅。

卖书同卖别的不同，它的顾客需要长时间摩挲、观赏、研究产品，有时比买一件狐皮大衣、五克拉钻戒花时还多。我小时侍候过贵妇人买首饰，虽然噜嗦费劲，大概二三小时下来，好说歹说，总还做得成一个买卖。可这所得，够得上家大书店老板辛苦几天的。侍候读书人，比侍候高尔基笔下买鞋的女士费劲多多，可是"国林风"居然乐此不疲。

难为的是，不少买书人，看了半天，却是不买，然后扬长而去。"国林风"对此未加厌弃，还专门为此设一咖啡厅，供这需要。说起咖啡厅，是我近年学会的新时髦。Espresso，Capucino，Irish Coffee……洋腔洋调，仿佛说得头头是道，到真喝起来，却非得放上加倍奶、糖，使之成一糖水而咖啡味尽失不可。近年更有甚者，不少书店的咖啡厅设自磨咖啡，网络咖啡……更使我辈趋之若鹜。世界先进水平，想必也多半如此了。

"国林风"的咖啡厅，所喝者我想无非是冲饮咖啡，但是可贵的是，进它大门，也可以不喝咖啡。取书一摞，扬长而入，静坐整日，或一人亦抄亦记，或众人亦论亦议，并无禁例。我想，这就是我爱它的阶级的、大众的理由了。

因为住处原因，常去市中心的大书店。三层楼面，在那光滑的大理石梯级上，就往往坐满读者，有时其中还不乏长者。我因虚荣，经常越过他们，径去有良好设备的咖啡厅，在那里虽然也只是看书，有时也不免懊丧因这虚荣，来杯咖啡喝走了一本书，但更多的情况是，由此更加敬佩坐在楼梯石级上读书的朋友。

自然，也因此更加叹服国林风书店——虽然它是私营的。按一种理论，也许可说它是什么"草"吧，但是，它确确实实正在费大力培育社会主义的"苗"。据此，吾辈岂可忽而视之，而不去真正爱之育之？！

两只羊的交往

我与本书作者，那只台湾出版界的著名牡羊郝明义先生，相交已近二十年了。这二十年，这里改革开放的热劲儿愈来愈大，我这个靠研习苏联"先进经验"起家的人，怎么也适应不了。幸好，我在改革开放之初，就已经"里通外国"——同境外的出版社有不少交流了。我不甚通英语，所以所谓"境外"，实际上只是港台而已。而其中，台湾的同行更吸引我的注意，我觉得，他们的思路和实践更适合我们。我那时怕犯错误，不敢提什么"台湾经验"，但在实际上是在向他们学习的。我也有一些学习的条件，因为我比较了解中国的过去，亲身经历过，混过饭吃。记得上世纪八十年代初，我有缘第一次去台湾。朋友们招待我们看电影。电影放映之先，忽然演奏了一首歌。同行的年轻党员同志不知唱的是什么，我一听就知道那是所谓"党歌"，因为这在我上小学时是"天天唱"的。

《一只牡羊的金刚经笔记》这本书里，大量的内容是讲作者研读《金刚经》的心得。这些心得，在我看来，最可贵的是它们都是联系实际的，是通过作者的文化业务活动，通过对当今时代的体认来叙述的。这使我感到特别亲切。我十分留意台湾同行的经验，其中首先是本书作者。我多年同本书作者合作，向他学习。我们的确一起干过不少事。他提到的杜威、罗素、笛卡尔、罗斯金等人的书，不少是我为他收罗的。但我怎么也想不到，这位牡羊先生竟在阅读和出版这些书的前后，对《金刚经》下过如此艰苦的案头功夫。通过这本书，他告诉我们一种读中国典籍的方法，就是深入领会原意后，注意联系现实生活。这是大异于过去单纯的"读经"的。

几十年前，吕叔湘老人家再三教导我，作为出版人，必须重视美国文化界常提到的 general reader，要依靠这类 reader，听取他们的意见，了解他们的需求，自己更要力求做到这水平。多年以来，我没有很重视这个提示。最近，香港大名人梁文道先生出了一本《读者》，他把 general reader 译为"正常读者"，这使我对 general reader 的理解又进了一步。我由此又想到，郝明义确实是《金刚经》这一典籍的名副其实的 general reader。这从这本书中可以看得很清楚。作为出版人，我从中得到的一个重要教益是，只有做好了 general reader，才可以做一个够格的 general publisher。郝兄的成功，也许可以从中得到一些解释。

我于《金刚经》一无研究。此书所言，只有附录的《数息打坐法》是我平时熟悉的。我所研习的，与他说的颇类似。但我没有能力进一步申说。我只想说，对文字工作者来说，这应当是一种不坏的锻炼方法。

我生于一九三一年，肖羊。按中国民间传统说法，羊从来秉性懦弱。我的个性，正印证了这一观点，而这同郝先生所属的牡羊座正好相反。牡羊座的特征是，行动果敢，勇于前进，对任何事情都抱着超越别人的进取精神，即使冒险犯难，也不畏缩。但不论如何，我这头羊同郝明义那头，几十年来却睦然相处，了无隔阂。原因在何，值得研究。我这里先匆匆写些此羊对彼羊的学习心得，供读者们参考。

二〇〇九年十月

开文化卡车的扬之水

上天安排，让我在二三十年前认识了一位身材短小、名副其实的小女子：扬之水。

我那时在三联书店工作，具体负责《读书》杂志的编务。《读书》是出版界名流陈翰伯、陈原和范用创办的。我进去后发现，编这杂志的都是大人物，而且都是刚挨过大整恢复名誉未久的著名人士。

首先是陈翰伯找来的冯亦代。冯先生那时已年过六十，过去是外文出版局的专家，中国民主同盟的领导人之一。他的专长是美国文学，是党外的著名外国文学专家。但是他更出名的是大量的社会活动。他在文化界号称"冯二哥"，以善于排难解纷著称。一九五七年，他耿直敢言，祸从口出，因而被戴上"右派"帽子。"文革"中，又被打成"美蒋特务""二流堂黑干将""死不悔改的右派""反革命修正主义分子"。以后多年劳役摧残。现在他刚恢复名誉，复出任职，自然干劲十足。陈翰伯可谓识人。

另一个副主编倪子明，是范用多年的老战友，出版总署的一位老处长。他是老党员，在党内挨过整，说他是"胡风分子"，因为他认识胡风。这位老党员是位少说话多干事的老实人。连他这样的人，过去也要挨整，现在想来，依然觉得奇怪。他党龄很长，因此在编辑部地位较高。

另外就是史枚。他是人民出版社一九五七年的"大右派"，按"编龄"说，他最长。他是老共产党员。范用聘他担任执行主编，让我十分惊讶。因为范用当年是人民出版社反右办公室主任，史老就在他手里划上"右派"的。现在作此安排，可见改革开放那些年头思想解放的深度和范用他们的胆略。

因冯亦代的关系，又引进了著名的画家丁聪来做版面。丁老又是一位著名的"大右派"。他同冯亦代一样，为人"四海"，广交朋友。冯同他又都是老上海，都同我特别谈得来。

三联书店名义上是家有几十年悠久进步历史的著名出版社，那时却落得个"房没一间、地没一垄"的悲惨境地。

我们在北京好几个地方租些平房、地下室办公。编《读书》的都是经过浩劫复出工作的大牌知识分子，在八十年代都是社会上的知名人士，其忙无比。因此，编辑部内十分需要操作具体编务的助手。那时能找到的都是刚返城的知青，只能在他们中间找对书本和知识感兴趣的年轻人。好在我们这些行政上的所谓"领导"，普遍学历都是初中。当时的实际负责人董秀玉女士，是五十年代的初中毕业生。我本人更加特别一点：正式学历是初中一年级。而最早我们聘用的一位同事，是从云南建设兵团回北京的初中一年级学生吴彬。还有一位当今的大学者，王焱，当年进《读书》工作以前是公交车上的售票员，也是初中一年级学生。那些老前辈觉得这么一些中学生当他们的助手，也还得心应手。因此，我们对这些"知青"，一点不歧视。

于是，一九八六年某天有位朋友欲介绍一位女士加入编辑部。她过去为《读书》投过稿，不算陌生。一看简历，颇不简单。这"不简单"，按今天理解，必定是在海外某某名校上过学，等等。几十年前，这位扬之水小姐的"不简单"却是：读过初中，插过队，做过售货员，开过卡车，等等。卡车司机居然对文字工作感兴趣，而且确实在《读书》发表过文章，令人惊讶。大家觉得合适，于是录用。

这样就同这位女士成为同事了。工作之余，也聊天，可大小姐却往往"讷于言"，让我探听不到多少底细。只记得，某日，我忽然请她背诵党纲，她居然交白卷。我于是觉得这位部下水平不高。我过去一直在人民出版社工作，编政治读物，所以我只会这样考核部下。

她年轻，肯走路，于是经常派她出去取稿，实际上是做"交通"。这方面她效率挺高。但更令人意外的是，她所交往的作家学者，对她反映奇佳，因而效果也十分特出。最早是金克木先生。我同金先生也熟，知道他老人家博学，所以访行以前必作充分准备。可是金老同扬之水更谈得来。某次去取稿一篇。金老交来五篇，都请她代为处理，他对扬之水在文化上的信任，竟如此。此外谷林、张中行、徐梵澄等等，都对她极有好评。张中行先生对扬之水有深刻的印象。一九九三年他写了一篇谈扬女士的专文，居然说："我，不避自吹自擂之嫌，一生没有离开书，可是谈到勤和快，与她相比，就只能甘拜下风。"作者和编辑的交往到如此莫逆的程度，实为我毕生所仅见。

我到了多年以后才知道，她是把同作者的联络当作一种"师从众师"，所以十分得益。她说过："我一九八六年十二月到了《读书》，一直到一九九六年。这十年是我人生中非常重要的一个阶段。""在《读书》认识的作者都是顶尖人物。这对于我来说是'师从众师'了。不限于某一老师，这样就不会有一种思维定式，视野就更开阔了。那种帮助是一种影响，等于是在他们中间熏陶出来。我和徐梵澄先生的交往，在这方面受益就特别多。他特喜欢陈散原的诗，我帮他借，借完以后我自个儿又抄了好多，全都是营养。"

一九九六年，扬之水与我同时离开三联书店。我是退休，她是转业去中国社会科学院文学研究所从事学术研究工作。以后她著述迭出，恕我不一一列举。我不大能看懂她的论著，于是人们问起她，我往往回答说：她现在在开文化卡车。她在文化大道上驶行不休，畅通无已，委实高兴。

《读书》杂志在前辈的带领下，在吴彬、王焱、扬之水这么一些中学生的实际操作下，何以成功？保守如沈昌文之流，何以在老前辈的带领下，一大批初中生们的促进帮助下，慢慢地、不得已地蹒跚前进？而扬之水这位卡车司机，怎么能在《读书》杂志打工若干年后，从九十年代后期开始如此熟练地驰骋在文化学术的大道上？这都是中国改革开放后在上世纪八九十年代文化界的一些谜。要知道谜底，请一读扬之水女士的这本日记。

二〇一〇年十二月

于愿足矣！

八月六日，《中国图书商报》载文《吕叔湘：刻意求新非学术正道》，读后有不少联想。

吕叔湘老人反对学术上的"刻意求新"，是一贯的。十八年前，一九八六年五六月间《读书》杂志开了个座谈会，请了不少学者参加。会上，有人提出，不少老学者的"思维方式"旧了，不能适合时势要求。现在"老中青不相为谋"，因而主张《读书》要更多注重新露头的青年人。吕老会后写给我一封信，其中说：

> 我觉得"老中青不相为谋"的议论背后，藏着一个"越新的越好"的成见。新不一定就不好，但也不一定就好。新有两种：计算机越新越好，时装也是越新越好，但是计算机不会从集成线路返回到电子管，

而时装却会反反复复。就拿留胡子这件事说，马克思、恩格斯时代流行大胡子，二十世纪前期流行光下巴，现在又有回到大胡子的趋势。

比新不新更重要的是货色真不真。但是辨别货色真不真要有点经验，而认识新不新则毫不费力。因此不知不觉就以新为真了（当然也有认为凡新都假）。梁晓声的小说里有几句话颇中要害。他说："同行更因对此新理论不甚了了，深感才学浅薄，孤陋寡闻，耻于问津。种种座谈会上信口引用，加以发挥，以其昏昏使人更昏昏。昏昏者，不懂也。不懂毕竟有些不光彩，人之讳也。于是昏昏者也伪作昭昭然。"这几句话使人想起"皇帝之新衣"。（忽然想起与此类似的一件事：有些报刊上宣扬的现代派书法——草隶结合，草篆结合，草绘结合，反正是越怪越好，偏偏博得许多人喝彩，尤其是在新大陆。）

吕老进而向我指点编《读书》这类杂志的思路：

编《读书》这样的刊物，要脑子里有一个 general

reader（"翻成一般读者"有点词不达意，应是"有相当文化修养的一般读者"）。要坚守两条原则：（1）不把料器当玉器，更不能把鱼眼睛当珠子。（2）不拿十亿人的共同语言开玩笑。否则就会走上"同人刊物"的路子。同人刊物也要，一家之言嘛。但是不能代替为"一般读者"服务的刊物。而况《读书》已经取得这样的地位。

我当时刚担任《读书》主编，收到这封信，大为感动。过去编刊物时的一些模模糊糊的想法一下子豁然开朗了。关于"一般读者"与"同人刊物"之争，延续多年，吕老的指示实在是有先见之明。他一九八六年的这些意见，我当年向编委会传达时，附有一信，其中说："吕先生对《读书》真是爱之切，责之严。他多次对我郑重其事地说：'怎么你们还没改进？'最近一次说：'我都不能给你们写文章了，看你们的劲，我的文章你们不会要！'听了令人难受。"

吕老最爱《读书》。他每看一期，总要同我说说看法，指出其中的问题，以及他的喜恶。编《吕叔湘全集》时，我检点一下，完整的信（不包括写来的便条）即有二三十封。编刊物，能遇见这样的读者和作者，于愿足矣！

二○○四年八月

七十岁幼!

在一次北京老友之间的宴席上，传说一个故事：

张中行老先生近来已经不能行动，有记者采访他，老人神智清楚，但无法以言词应对，只在纸上写了这么一句话：想不到老年时期就这么过去了。（大意）

这故事在老人们之间引起不少反响。

老人们集会，容易听到的话是：老了，不中用了。现在张老这话指出，人还有一个"老年时期"，还能做事。这使我很容易想起韬奋先生引用过的伍廷芳说的一句英语："I am seventy years young." 韬奋接着说："我们知道英语说多少岁数，总是说'怎样老'，十岁的说'十岁老'，二十岁的说'二十岁老'。伍老博士到了七十岁，偏说'我是七十岁幼'！这是表示他老而不老！年老而精神不老！""伍老博士所用的'幼'字代'老'字，在英语尤能相映成趣，非译文所解尽达。"

我认识张中行先生时，他至少怕已到六十高龄了，应当正是"老年时期"。说实话，我们这类读《青春之歌》长大的人，听说张中行就是这部小说里某个不敢革命的年轻人的原型时，心里不免有点不敬。等到见面，才发现这位老人慈祥、和蔼，更不要说博学了，于是原有的先入之见一扫而空。他长年在教材出版系统，所以彼此说起来，共同的熟人也多。当然，更重要的是，此老的文章写得真好。早年的《读书》，说实话全靠这么一批老文人支撑下来的。那个"十一届三中全会"，真不知会有那么大的威力，让那么一大批老人"young"起来。金克木，吕叔湘，王佐良，张中行，等等，等等，让我们永远有用不完的好稿子，让刊物永远有无穷活力。我们现在读到的张老多卷本厚厚的文集，应当说都是他"老年时期"的成果。

张老对《读书》，另一贡献是"识人"。《读书》的编辑，我再三说过，绝大多数没有学历，说得好也只是"草莽英雄"。赵丽雅（扬之水）尤为突出。本人有一"名言"形容赵君：她喜单独旅行，而每次远征都能平安归来，令人既高兴又诧异。一次说起原因，我说这可能是她双目炯炯，服装毫不讲究，蓦然看来，倒会令旁人首先戒备一番，不会想到要去抢劫她。这么一位女士，却让我们的张老委实"动心"。张老同我说过不止一次，更多是亲自为书作文，表彰赵君的学识和努力。他的《赵丽雅》一文，我看大可作为谈编辑的范文。说实话，我也是读了这篇文章才知道每天见面的这位小女子委实有功力，自己也从中悟出不少做编辑的道理。我们行业里有一种以敝店创办人命名的奖励，我很想以此文为证去为赵君申请此奖，但后来听说人家另有标准，也就不说了。但张老在"老年时期"的这一功德，我辈永远牢记不忘。

我同张老常见面的地方是平安里的柳泉居饭馆。那是一个典型的老北京餐馆，据说明代就有了。每次听他在那里指点菜肴，让我懂得不少北京菜的道理。现在去西城，总还是要去柳泉居，在那里想想 I am seventy years young，能做出什么事来。于是，一当肚子撑饱，赶紧骑车动身，忙这忙那，因为自己也算过了 seventy，用我的"洋泾浜英语"来说，"So young，so young！"

二〇〇四年七月

纽约访董鼎山小记

房门开处，进来一位身材高大的中年人，衣着朴素，温文有礼，我猜想这就是应约前来的董鼎山。叫了一声，果不其然。在《读书》上写了一年多《纽约通讯》的董鼎山，这回总算在纽约见到了。

没见董鼎山时，心中不无惴惴。因为自己的英语，恰如一本小说中描写过的那样，"像得了感冒的鼻子一样欠通"。他旅美三四十年，要是不大会说中文，该怎么办？不料他的中文不只说得清新流利（同他写的文章一样），而且满口宁波乡音，真使我这个也爱说宁波话的喜出望外。

屋里有两个人说宁波话，凡在江浙住过的人不难想见其热烈和活跃。起初，当然还互称"先生"，说不几句，老董就直呼我名，后来，相约大家不要"先生"这个挺麻烦的劳什子了。开始我惊讶这位初次见面的朋友的直爽，最后到底被他的爽朗明快征服了。

　　人民文学出版社的屠岸也来到我的房里，彼此无拘无束地谈着。老屠与老董都是四十年代在上海做过文化工作的，自然就谈到当时亲历的往事，虽然过去他们并不认识。余生也晚，没有参与谈论这些文坛经历的资格，不过由此却了解了董鼎山的过去：

　　董鼎山一九二二年出生在浙江宁波，从小就喜爱文艺。抗战后到上海读中学，就开始用"坚卫"的笔名在钱君匋主编的《文艺新地》上写散文。后来继续在柯灵和芦焚（师陀）编辑的一些报纸副刊如《世纪风》《浅草》《草原》上写散文。

　　日本投降后，董鼎山正好从上海圣约翰大学英国文学系毕业，就开始在上海一些报纸当记者和编辑。这时，他同进步文化界人士如冯亦代、吴祖光、丁聪、徐迟、何为等开始结识，直到一九四七年来美留学。

　　董鼎山近年在文章中屡次欢呼"世界太小"，用这句外国谚语来说明自己在中国、美国遇见熟朋友时的喜悦心情。从这里也可以知道，他过去在国内文坛认识的人是很多的。几十年里，老朋友、旧相识都隔膜了。我想在那中美隔绝、音闻不通的年代，董鼎山一定是在不断慨叹"世界太大"！

老董邀我去他家里晚餐，便道又去卞之琳、冯亦代住的旅馆把他们一起接去，外加一位美国诗人罗伯特·潘因（他有个中国名字叫白英）。在董家，中外诗人、作家畅叙一堂，他们用英语谈话，我虽能勉强听懂大意而无法置一辞。老董怕我发窘，便不时地又同我用乡谈攀扯起来。他告诉我近几年多次回国的情况：一九七八年他回到了阔别三十一年的祖国，见到了兄弟、师友，看到了打倒"四人帮"以后祖国的新面貌。他欣喜无已，一连给美联社特稿辛迪加写了七篇访华印象，后来又为《纽约时报》《洛杉矶时报》特稿辛迪加写过一些访华观感。使他高兴的是，国内报刊译载了他的不少文章，反响很好。特别是，一些老相识都因而同他恢复了联系，互叙多年阔别之情。上海的老报人唐云旌读文后在香港《大公报》写诗寄意，尤其使他感动。

以后，董鼎山又随美国《滑雪》杂志主编来祖国东北滑雪场地访问。他给我看许多在塞北照的相，述说当时的见闻。这次，他也给美国报刊写了不少报道。与过去不同的是，他在报道中除去描述了祖国边陲的风光和新气象外，还批评了某些工作人员的官僚主义。这些报道国内报刊也译载了。读了这些文章，使人感到他不仅对祖国有深切的眷恋之情，而且还有强烈的责任感：他不是只想当一个旁观的朋友。

董鼎山谈起《读书》杂志，更加兴高采烈。他说，自己不仅为《读书》长期撰稿，而且在国外写文章介绍这份杂志。他给我看美中友协会刊上他写的有关文章；香港《大公报》更是多次发表他关于《读书》的印象。我们在同海外出版界人士接触中，发现知道《读书》的人不少，我看，这同董鼎山的介绍是分不开的。

老董在美国是学新闻学和图书馆学的，在纽约市立大学市立学院图书馆工作多年，曾经负责东方部的工作，因此，对于国外出版界、读书界的情况，非常熟悉。他在《读书》发表的《纽约通讯》，迷人之处怕即在此。他问我，中国读者对这些通讯有什么意见。我说，对美国你是熟的，但是对中国，尤其是"十年浩劫"期间的所作所为，恐怕还不全部了解。你在一篇文章中把中国的"十年浩劫"与美国的麦卡锡时期相提并论，有些读者来信表示异议。虽然中国读者不太了解美国这一时期的全部情况，但总觉得中国"十年浩劫"期间损失之大，要超过麦卡锡时期。老董接受这个意见。事实上是很难要求一个不在中国的人完全体会到"十年浩劫"的一切灾难的。那天吃饭时，冯亦代同老诗人潘因谈起"十年浩劫"，这位老诗人每听到"四人帮"的一个罪行，总要天真地问一个"Why？"。我想，他恐怕也觉得难以理解新中国为什么会有这类颠倒是非的事。

我不是特地采访老董去的，既未笔记，又没专门提问。回到北京以后，看到不少读者给《读书》的来信，表示爱读《纽约通讯》，并要求介绍董鼎山的情况。为供读者参考，爰为小记。

怀念董乐山兄

　　乐山兄是三联书店多年的老朋友，老作者，更是我个人的老师和至交。

　　我同老董打交道，最初是在六十年代初。我当时在一个高级而不大为人所知的机构——"外国政治学术著作办公室"里兼差，做点勤杂工作。这个办公室的任务是要为上面的反帝反修理论班子提供国外图书信息。我管俄文方面的事，但有时也要找英文的东西。凡是英文的事，上面交代，都可向慎之同志请教——他当时似乎是一批"打入另册"的通晓洋务的知识分子的头头。上面有些明白事理的人，知道他们这班"另册"中人在那时大可"废物利用"。通过这位"右派"头头，就认识了老董。一九七四年，不知什么原因，上面关照让用三联书店名义重印《第三帝国的兴亡》（原来是世界知识社出版的）。这一来，就同老董打交道多起来了，也亲自感受到老董对西学的造诣。

初识老董，觉得这人有点落落寡合。但是，只要同他一说学术，就很快可以"入港"；一"入港"，他就滔滔不绝了。更主要的是，他做事认真负责，他交的稿，总是妥帖、细致，出不了差池。

因此，到了七十年代末，我受命组译《西行漫记》时，自然觉得，这工作非老董来做不可。当时（一九七七至一九七八年）还在奉行"凡是……"，三联书店的负责人范用由我陪同去找这位"摘帽右派分子"约译，也可称是一件有胆魄的事。打这开始，就从谈公务日渐发展到私交，有空总要到皇亭子他家去走走，甚至连三联书店的英文公函都要请老董帮忙拟稿。重译《西行漫记》，可说是吃力不讨好的工作，可是老董毫无怨言地卓越地完成了。我们现在可以说，这是三联书店出过的优秀译品之一。

说到这里，我不能不很惭愧地说，对老董的译文，我不敢妄改一字，可说是到了虔敬的程度；可是，对原书的内容，却往往妄施刀斧，不时要做删节。我知道，删去的，常常是老董欣赏的原作佳妙之处乃至神来之笔。他大多非常委屈地同意我的要求。记得《西行漫记》中有一处斯诺记述我们的领导人说的一个略带"荤味"的笑话，在七十年代末（十一届三中全会前），觉得那是对领导的大不敬，非得删去不可。我说了，他只得无可奈何地朝我点点头。后来，我忙了，有事总请年轻的同事帮我做。有一次，这类删节终究把他惹火了，他大发了一顿脾气。我知道，道理是老董对，但是怎么办呢？最后总还得要他"无可奈何"一下。作为一个编辑，这是我一辈子对不起老董也对不起所有著译者的地方。

我退休后，偶有所作，总要扛出老董这块招牌，让他为我撑腰，使有关出版社觉得他们对我尚可信赖。我同老董近年的一次合作是出版《一九八四》。尽管改革开放恁多年，一提奥威尔，我总还有点心里打鼓。他的译稿我发排了，但心里还不断嘀咕：下面的文章如何做？忽然间，他交来《一九八四》的译者序言，我读后大喜。原来，照他的研究，奥威尔不是该出不该出的问题，而是非出不可的事。后来，我主持的这一套书，无论读书界还是发行部门，都认为《一九八四》是其中的佼佼者。大概在我所出老董的书中，也以这本出得最完整，没有去妄删一点内容。这自然是时代的进步，但也是老董本人的卓越的研究的结果。

老董对我主持的丛书、杂志所提的要求，大多有求必应。他努力为我写稿，即使病中也不停息。他写译的稿件，大概在他去世后的三五个月之内，才能完全问世。他临终前一篇未完成的遗稿，就是应我要求而写的。想到这里，我可以说，作为一个老编辑，对老董这样的老朋友，老作者，真是可谓从佩服到感戴，从相互合作到真诚为友！少了这么一个朋友，是我们莫大的损失！

读李小记

　　《读书》杂志开办在改革开放刚开步之际，主持人又是几位一贯提倡改革开放的前辈，所以刊物从一开始就努力提倡引进域外新知。我记得，一开始，最积极从事其事并且带领吾辈开发的是副主编冯亦代老先生。冯老精通英文，海外朋友又多，第一个他组来的海外作者是董鼎山先生。由鼎山先生的作品，我们开始同美国文坛打破隔阂。更神的是，董先生原来就是大陆文化界出身的，所以说起美国文化，都有一个中国的底子，读来特别亲切。

　　由董鼎山而发展到严亢泰先生的英伦通讯。那是扬之水女士的熟人，写来的英伦通讯也是普遍叫好。

　　如是若干年，英美发展得可以了，于是我们常挂记一个东邻——日本。

　　中国文化人关心日本文化是天然的事，可我们却找不到在日本的"董鼎山",大是憾事。

到《读书》创刊十来年后,这个愿望终算满足:终算找到了李长声先生。

长声先生当时大概还在国内工作,但因浸染日本文化多年,写来已颇出色。不久他东渡赴日,越写越出色。这出色,一方面由于他在日本从事出版行业的工作,较诸单纯的研究者更多了解情况。更主要的是,他有中国文化的深厚根底。令我们当年想象不到的是,他浸淫于中国的诗文化已久,本身就是一个写中国旧诗的诗人。这一来,他写的绍介日本文化的文章,大有在《读书》的海外通讯中进居首列之慨。《读书》杂志单我在位的那些年,就大概发了三十来篇吧。

我当年曾有狂想:如此奇才,久居东瀛,应当是我们出版人努力开发的对象。那时曾想请他编丛书、出刊物,妄图请他帮助我们在日本文化的宝地上照老上海的说法去"做足输赢"。可惜不久后我退出出版舞台,一切无从谈起。以后同长声先生的交往,就只能在饭桌上了。

长声先生善诗。他同我写信,常引自己的旧赋新作。我没有扬之水的文才,既不能唱和,乃至不能读得懂其中奥义。只记得当我赋退之时，他引用自己一旧作说：

　　　　龙年竞舸日，遭踬渡扶桑。
　　　　禅定似初入，童心未尽亡。
　　　　勤工观社会，博览著文章。
　　　　十年归棹后，知非一梦长。

　　我当时虽然年过花甲，但读到"禅定似初入，童心未尽亡"，不禁大呼知己。只是这以后多少年来我实在老朽了，丝毫无能力"勤工观社会，博览著文章"了。

　　但我，仍然密切注视着李长声兄的成就，直到现在。

　　　　　　　　　　　　　　　　二〇〇八年八月

"废物利用"

多年来，大陆的出版从业人员往往对自己出版的翻译书的译文质量自豪。自然，这里有个翻译标准问题。大陆出版界在这方面继承鲁迅的传统，倾向于宁信而不顺。这也许是个毛病。但不论如何，"拆烂污"的东西的确相当少。一九五〇年代初我给出版总署主办的《翻译通报》杂志当校对员，亲见领导们如何指斥民营书店翻译出版物的质量低劣倾向，赞佩国家出版社的高质量。现在，过去了半个来世纪，已经没有一家民营出版社了，可是翻译书的译文质量却比当年大大下降，说得上是"一泻千里"。

这要从那些年代的故事说起。过去的翻译质量的确高：一是要翻译的东西少；二是，年轻人恐怕不知道，在阶级斗争年代里，知识分子不行了才让他们翻译东西，这叫"废物利用"。例如，"文化大革命"中上面命令翻译 H.

G. 威尔斯的《世界史纲》，那时我正在人民出版社做小编辑，知道一些情况。费孝通、谢冰心、翁独健等等，这些大知识分子当时都受冲击，让他们翻译东西，算是优待。那时候，翻译东西等于是给有问题的知识分子的一个机会，能给事情做，就算优待了。这些人可是有真学问的，大多是留学生，外语也好。当年可以翻译的东西又少，所以翻译质量是相当好的。而编辑部也是人多事情少，来稿都经过了仔仔细细的审校、加工。

当年有个"著名"译者叫"何清新"，译了许多书，特别是西方经典名著，社会上很有名。其实世上并没有这么个人。那是北京附近清河劳改农场的集体笔名（"何清"——清河，"新"——自新，当年对犯人的别称）。那年头知识分子"犯罪"的多，于是就让他们在监狱里翻译东西。这在当时算是够开明了。据说，"何清新先生"的日译本质量尤其好，因为当年那里关押有一批伪满的知识精英，中日文俱佳。我不晓日文，也不认识那些日文专家，难以语其详。

一九五七年以后，新华社和一些高等院校内有一批人划了"右派"以后，就被命令去做翻译工作。慎之先生当时就是新华社"右派"翻译队伍的成员，大概因为他是老革命，所以贵为队长。六十年代初他们翻译了《第三帝国的兴亡》等书，影响极大。我就是在那时因书稿认识李老以及董乐山等有名的翻译家的。后来组织他们翻译不少"灰皮书""黄皮书"。现在知道，那对"文革"中期和以后的新一代知识分子的成长极有意义。因为那些只供高级干部看的书，"文革"中竟然流散出去了，让那些小青年看到。比如那本德热拉斯的《新阶级》，让他们看到，又是在自己上山下乡的困苦日子里，当然很容易滋生"异端"思想。

这一历史情况，说它是好还是不好，我真是踌躇。说它好，因为翻译书的质量因此真的很过硬，究竟有益于社会；说它不好，这么做毕竟不是人们自觉自愿的。广而言之，现在很多乌七八糟的事情都该批评，但我很踌躇的是：我是从过去走来的，过去这种事很少，是不是就很好呢？不论如何，强迫费孝通、谢冰心他们去做不一定情愿做的翻译工作，对社会对他们这些知识界的精英来说，总不大公平合理吧。

二〇〇四年十月二十六日

小董、大董和老董

　　海内外久享大名的优秀出版家董秀玉女士今年七十大寿。道群兄约我为文纪其逸事，欣然从命。

　　我了解的董女士，按其出版经历，大约可以分成三个时期。上世纪五十年代中进入人民出版社，至八十年代初，一直在北京出版界，先学艺然后成为年轻领导，人咸称之为"小董"。以后活跃在香港出版界近十来年，港人都称她为"大董"。九十年代上半期回归北京三联书店，年高德劭，朋友和同事因称她："老董"。

　　我与三董，都还算相熟。但最熟的是"小董"。"大"而"老"后，或谓成为"大佬"以后，因种种原因，我就不甚了了了。所以，这里所记，多为"小董"的故事。"大佬"亦有幼时，大家听听这些故事也好。

　　小董一九五六年自上海应招来北京，同来者共十人，似乎都是女性，而小董年龄最小。来后不久就"大跃进"，以后多次下农村劳动。有一次，我有幸同她编在一个班里劳动。那次干的是挑水。干到中间，年轻人都较起劲来了，比赛谁挑得多。最后，几个小伙子各挑一百斤，自然该称雄了。哪知董小妹接着挑起一百二十斤，把那些须眉统统比下去。从这里我开始发现这姑娘实在不简单。

她同我一样，进出版社后干的都是校对，因为学历不高。她来时，我已调离校对部门，当上社领导的秘书。我的"成功"秘诀是不打基础，"急用先学"，热爱卖弄。可是董小妹的办法是注重打基础。她念了一些夜大学，专修文学，自然比我扎实多了。

一九六〇年，人民出版社的共产党组织召开会议讨论通过我们的入党申请。这次会只讨论我们两人。她很快通过了，可我就是通不过。一大批党员认为我一贯走"白专道路"，不够党员标准。最后，出版社党委书记王子野作了长篇发言，支持我入党，这才勉强通过。就这样，许多党员，包括王子野的夫人陈今女士，一直对我的入党持保留意见。

当然，小董也并不一帆风顺。"文化大革命"后期，她忽被诬为"五一六分子"。霎时间，被"隔离审查"。于是本单位的熟人谁也都不能理她了。这期间，只有一位新华社国际部精通法语的崔先生，因为不是同一单位，可以见她，还时时为她送饭倒茶，热心服务。后来董女士就成了崔太太。

接着时来运转。她"解放"后，社领导范用先生发现了她。范用在一九七九年初创办《读书》杂志，调小董到编辑部参与筹备工作。她过去没有做过编辑工作，居然能很快适应。一九八〇年我进入《读书》杂志，开始同她在一个部门工作，我勉强算是领导。我发现，那时她已很能胜任编辑业务。范先生一贯热衷联络香港三联书店的老战友，北京的许多业务争取他们的帮助。凡与"港方"来往，均由小董接待。我从旁观察，小董办事，还是当年挑一百二十斤的劲头，凡事力求完美，因此港人反应绝佳。

那时，在北京刚独立的三联书店经济状况非常糟糕。从人民出版社分出来，房没一间，地没一垄，只有三十万元现金。更要命的是，按照中国社会主义制度下的出版专业分工，北京的三联书店在五十年代初就已被中国出版界"除名"，因而没有自己的专业，就是说没有一块可以垄断的地盘。这把我这个名义上的"第一把手"急得要命。三联书店五十年代初在中国内地被实际除名以后，只在香港保留。八十年代初我以三联书店总店总经理的身份去三联书店香港分店参观，言谈之间知道他们的资金是八千万。这真吓了我一跳。后来，我发现内地出版社还不大注意境外华文作家这一丰富资源，觉得通过香港这条线去开拓比较方便。正好，港店一位领导同我闲谈，说起他们眼前有一个困难：照中央方针，干部要实行退休制度，港店的现领导已到了退休年龄，但是接班人难找。照内部规定，接班人必须共产党员，可是照香港当地的办法，又不能从内地随便调去一个人就当第一把手。我一听，觉得我们北京可以想想办法。我找了内地研究公司法的专家请教，他们认为，把总店的副总经理调到分店当总经理是名正言顺的，绝对符合国际准则。我于是学习一下公司法的语言，向香港的有关领导建议，把董秀玉调去当第一把手，小董在港人眼里原本声誉绝佳，当然马上就OK了。

这一来，北京三联书店的境外业务就好开展了。举个例子说，北京三联书店出了蔡志忠漫画，可是蔡先生远在台北，联络不便，我很担心人家抢走我们的买卖，因为这里的出版社后来也注意到境外的写作资源了。有董秀玉在香港，我说合她担任蔡先生的代理人。于是蔡先生的上百万元版税放心地全部存在北京，我借用来做三联的事业，快何如之！

小董去香港之成为"大董"，三联书店的老前辈却不断责备我是为了"排除异己"才把她调港的。其实，由于我们两家的世交，董一去港，她的儿子由我太太抚养，我的女儿还要帮他复习 English。我干吗要这么费劲来排除她这个"异己"呢？

大董到港工作后不久，港方的领导对她非常满意，专门同我说好她不回北京了。一度我在《读书》杂志上还印着大董的"副主编"名义。有次我访港，因为这事，港店的一位比我年龄稍大的"元老"，当场为此斥责我，认为我还要妄想让大董回北京来。以后又为此拒饮我敬他的酒。我看在港分店八千万资金的面上，忍气吞声，狂笑而过。哪料过不多久，忽然得到通知，港方要大董回北京工作了。北京的领导要我安排。我当然希望她回三联书店，为此开罪了原定的接班人选，也无可奈何。北京三联那位原定接班的先生得讯后，借别的题目向上级告我一状，当然告不倒我。我于是借别的因由去上面查看港方改主意调大董回来的文件。看了吓得我一跳，原来毛病出在我曾委托她为我热心照料一些内地文化学术界的北京三联的作者朋友，这些朋友有的惹了点事，人们就莫名其妙地把账都算在大董身上。如此说来，原始责任其实在我，真是罪该万死！

在北京，"大董"成为"老董"后，我不敢为三联书店的业务同她有所接触。原因无它，老前辈们盯得很紧，我又何必使她为难呢！另外，她在香港学了一些办出版社的现代观念，我也跟不上。我习惯的，还是老文化人做"皮包书店"的办法，现在当然行不通了。她退休后，做了不少声名赫赫的社会学术文化活动，我曾得便参观，悄悄旁听，发现自己的水平委实跟不上，也就退避三舍了。

但作为老朋友，我饶不了她。至少，我要让她经常请客，满足我的馋欲。今年春节，我们两家一起吃了火锅，由崔公子埋单，大家十分高兴。从这里来看，"老董"的可爱，还一点不比当年的"小董""大董"差——至少我认为。

二〇一一年三月

为"索引派"呐喊助威

　　葛永庆是我念大学时的老同学。说"同学"，不假；但也稍有攀附之嫌。我们那时一起上的学校是上海民治新闻专科学校，海上新闻界名人顾执中先生创办的。顾先生宅心仁厚，特别照顾职业青年，在民治新专里专门开设了夜班，学生不论学历，凭入学考试成绩录取。我当年是在业工人，白天站柜台，搬货物，打算盘，早晚则找机会进修。一九四九那年秋天，我想找个地方进修新闻电讯，获得新的谋生手段，这才考了进去。不料读这系的学生太少，开不了班，于是学校把我转到采访系。这一无意之举，却对我的一生产生了绝大的影响——从此我改行习文了。而且，采访系里不少不是像我那样的在职青年，而是刚从高中毕业的学生。葛老兄就是如此。我这只有初中一正式学历的"大学生"，由此结交了一大批刚从高中毕业的年轻有为的新同学，岂非"攀附"？！

五十年代初，院系调整，民治新闻专科学校并入复旦大学新闻系。我为谋生，无法进复旦去做名副其实的"大学生"，只得另谋出路——考到北京来做出版社的校对员。从此同上海的老同学暌违两地。但也凑巧，有的同学复旦大学毕业后也进了出版界，成为同行。葛永庆就是一个。

但更巧的是，我们干了一阵出版后，居然对一件事情发生了共同的兴趣，那就是索引。葛永庆对此颇有深究，有不少研究成果，而且以后主持了中国索引学会的工作。我这人不是深究问题的材料，何以也投入呼吁中国加强索引工作的队伍呢？那是出于一种比较特殊的情景，容我细细道来。

六十年代初期，我蒙领导派遣，借调到中宣部属下的"外国政治学术著作办公室"工作，具体来说，就是在中央反修小组的领导下，推动和管理出版"灰皮书""黄皮书"和外国历史书的事务。因为工作需要，上面允许甚至鼓励我执行"废物利用"的方针。那就是，可以只看业务，不顾政治，去找一些"有问题的"外语专家做事。这一来，我可以自由地同慎之老人、董乐山等几十位戴了极右分子等帽子的大专家自由交往。在工作中，经常碰到索引问题。中译本照例把原书的索引一删了之。专家们对此意见很多，我也觉得这十分不利于使用。我那时已经学会上纲上线，立刻把这问题提到"不利反帝反修"的高度，希望中译本照印索引。但实际上没法做到，因为这类书的出版时间都很急，那时又是铅字排版，等到正文校样改定，有了确实的页码，已实在来不及加到索引上了。无奈，后来想出了一个穷办法，那就是要译者把原书的页码标在原稿相应的地方，然后照样印在书上，术语叫"边码"；而原书的索引照印不误。我当年很高兴自己的这一"发明"。

由这开始，索引成了我心头的一个疙瘩，我实在不知道怎么去解决它。以后，看到葛兄大作，才知道以他为首的一些上海同行早就有见及此了。他们注意面极广，把索引提到促进学术发展的高度，而且建立了机构，经常发表扎实的论说，身体力行地努力在做，使我非常感佩。

改革开放以来，出版工作有大发展。出书品种之多，此前无法比拟，据说已在世界名列前茅。不过，质量的相应提高，却还无从谈起。索引为其中一个著例。我们所出学术著作，百分之百没有名目索引、人地名索引。这在国外是不许可的，是出版业的耻辱。现在有了电脑，编索引比过去不知省力多少。可是，至今我只见到朱正老先生的书附有索引。后来知道那是他作为作者自己编的。

职是之故，我从退休以后，近十多年来，十分愿意跟在上海"索引派"诸君子后面，摇旗呐喊。"索引派"，是我加在上海葛永庆兄等身上的美称。眼下注重索引的人实在太少，他们的活动犹如共产党组党以前的共产主义小组。但我想，只要努力呼吁，索引问题迟早会被社会所认识。这也是我愿意为葛兄文集写这小序的原因。

二〇一〇年一月

鼓励学生编书

我没有上过正规大学。一九四九年秋我想学新闻电讯，由此进通讯社去当报务员，于是进了上海民治新闻专科学校。那是一所夜大学，学生不多。不料，那年报名新闻电讯的只有两个人，这个系停办了。学校里劝我改进采访系。从此开始了我这一生的文科生涯。

在采访系，我可能是成绩最差的一个学生，因为上大专以前我只念过初中一年级。我第一学期本科的考试成绩只有五十分（当时六十分为及格）。正当我发愁的时候，我们班里的一位同我相熟的同学章恒忠邀我和其他几位都是工读的同学自办一份油印刊物。这份刊物取名《学习报》。我们自己写，自己编，自己刻钢板，自己分送。我干得很卖力，因为通过这工作，我开始懂得什么是新闻，开始理解写作的奥秘，开始知道怎样吸引读者。课堂上老师讲的话，从此我开始有点领会了，对新闻出版事业的兴趣愈来愈大了。以后，我居然自封为《学习报》记者，并以这名义混进了新闻出版行业，直到如今。

我在这里自曝丑史，并不想卖弄什么。我与巴邑同学不熟，她编的书我也没看过，即使看了我也不甚了了，因我不懂艺术。但是，我根据自己的学习经历，非常鼓励同学们在读书的时候就开始编书出刊，我们这些过来人有责任鼓励、促进他们。现在编书比过去还难，因为在市场经济的条件下，更需要想方设法吸引读者。在新形势下成长的一代出版工作者，肯定比只会唯唯诺诺的我们这一代强。

二〇一一年二月

肉食小记

我同朋友们时常聚饮，大家知道我喜肥肉赛过一切。但我不大说这方面的体会，怕的是俗不可耐，有扫雅兴。

肥肉也者，在我记忆里，多为文人雅士所不齿。改革开放之初，我因职务之便，常去香港。借便，除了去苏浙同乡会大嚼之外，就是买些谈饮食的书回来。最早接受的是陈存仁医师的著作，以后越看越多。他们的书里，当然不全盘否定肥肉，但引述了许多我此前不知的前哲明训，如：

《左传》：肉食者鄙。

苏东坡：可使食无肉，不可居无竹。无肉令人瘦，无竹令人俗。人瘦尚可肥，士俗不可医。

林语堂：中国人惰性重，就是因为吃猪肉的影响，外国人蛮性重，就是吃牛肉的影响。

这些话当然一点吓不倒我。这首先是我在那时挺不看重境外。经过反右、"大跃进"、"文革"，我辈又是承命出去"指导"工作的，何尝把境外文化人看在眼里。大家只要看我写的当年在香港如何把"XO"当成绍兴花雕而大上其当的故事可知。更主要的，我有自己好吃肥肉的亲身体验。从一九四五到一九五一年，我在上海为工作佣，处境十分凄惨。那时，唯一可快朵颐的，是为客人收拾餐桌上的残余时，忽然见到余下的肥猪肉，估计大司务会赏给我辈下人，快何如之。更高兴的是，为了赶着上夜校，吃不上晚餐，在法租界太平桥边的小摊上吃一碗"阳春面"。有时想奢侈一番，来碗"大肉面"。这块大肉下去，去霞飞路俄国老师那里学俄语，或去五马路格致中学附设补习班学习收发报时，都会效率特别高。晚上在格致中学学习收发报，窗外多是妓院，声色犬马，呼幺喝六，我那时悬念，他们所吃的也无非只是红烧肥肉而已，不然哪来那么大玩劲。

　　上世纪五十年代后来北京参加工作，月薪二十八元，吃肥肉少些。我当然不守清规，会悄悄去小饭馆，但在那里找到的肉只是"木须肉"，虽然也能解馋，总引不起前此生涯的美妙回忆。后来在小摊上发现一味"炒肝"，其中有肥肠，稍可补肥肉的不足。限于那时的经济、政治条件，始终没勇气去大饭馆名正言顺地点一份大肥肉。直到一九六一年，老婆怀孕，亟需营养，我们相约在北海的仿膳酒楼好歹吃了一顿像样的红烧肉。三年困难时期，物价吓人。两人一餐所费，计巨资人民币壹拾元。归来不敢声张，因为恰好有对同业夫妇，当年居然在酒楼饱嚼一餐，耗资四十元，党内口头通报批评。我当时刚入党，自然不敢声张自己的丑事。幸好那天没有碰到任何熟人。

以后自己当上一个部门小头头，又加上改革开放，当然肆行无忌。但是敢于畅言自己爱吃肥肉的，根本上还是得力于革命领袖的相同爱好，在这方面，当年的传说是很多的。

现在，很有些女士忌食肥肉，怕变胖。读到过我所敬爱的女作家李碧华一段名言："如果世人没有男人，女人根本无须在乎体重。"我作为男人，很奇怪这议论。六十多年前，我在上海当小厮，所见美女极少是减肥的。现在，我常去北京的一些上海饭馆吃饭，那里墙上挂满了上海当年的月份牌，其中所绘美女都是肥肥的。不过现在美女不吃肥肉这一特点，我倒常利用来为自己谋好处。在"娃哈哈"吃东坡肉，有女士在场，我往往把上面的肥肉先分出来，夹在自己盘里，殷勤地招待女士们吃下面的瘦肉或者干笋。不少女士认为我善体贴，不知道我在谋私利。当然，一旦不如此，我每见女士们把肥肉夹在盘里掷掉，也实在懊丧不止。

现在"毛家菜"饭馆里专做"毛氏红烧肉"，想必所来有自，但我往往并不满足。我喜欢的是上海的"好婆烧肉"，因为它增了甜味。这味菜到了北京，可能因为人们不解何为"好婆"，改名"老外婆红烧肉"。我常去东华门附近"石库门酒家"品尝此味。现在我一闭眼就想得起法租界白来尼蒙马浪路上那一排石库门房子，因为那正是我当年从太平桥出来上夜校的必经之途。

二〇〇九年四月

跋：永远的追随者

俞晓群

二〇〇九年十月二十七日，天涯才子梁由之兄来京小聚，我邀请沈昌文先生参加。事后梁兄在博客中撰文《我有馨香携满袖》，其中写道："沈公择定餐馆、预订包房、点好菜肴、散席后打包；俞总买单。以前在书上看过他们奇特的合作模式，这番算是切身领教了。俞沈合作，珠联璧合，历十余年，依然如故。我喜欢有长性的人。"

"有长性的人"，这样一句平淡的评价，却让我极为受用。我与沈昌文先生交往，始于一九九四年。最初是扬之水引见，我们在《读书》上做一些广告之类的事情。后来编"书趣文丛""新世纪万有文库"等，我们的交往逐渐热络起来。在将近十年的时间里，在他老人家的引领下，我们做了许多值得记忆的事情。

二〇〇三年我离开辽宁教育出版社，离开出版第一线，我与沈先生的业务合作也逐渐冷清了。怎么会不冷清呢？在辽宁教育出版社时，我们每年可以编几百种好看的书；到了辽宁出版集团，我的工作性质变了，做管理工作，六年间只编了几本所谓重点书。比如二〇〇六年，我们搞文化"走出去"，请沈先生帮我们找翻译，他请出香港罗伯特先生，翻译王充闾先生散文集《北方的梦》；为苏叔阳先生《中国读本》找俄文翻译，他介绍过高莽与蓝英年二位先生。仅此而已。

其实最初离开辽宁教育出版社的时候，我就有些不舍。郝明义先生来信，还专门为我讲了《易经》中的"节"卦，预示这一变动的不祥。后来确实编不了书了，我真的很后悔，就想有机会再回到出版一线，再与陈原、沈昌文，还有陆灏、孙立哲这样一些人合作，再做我们喜欢做的事情。后来发生两件大事，对我产生了巨大的震动，同时也坚定了我回归的决心。一是二〇〇四年陈原先生去世，二是二〇〇六年沈昌文先生大病一场。有一次陆灏先生见到我说："老先生纷纷地去了，带走了那么多资源。你们这些出版人又不肯好好编书，多可惜啊。"我说："将来我还会做的。"陆灏苦笑着说："对于逝去的老者而言，没有就没有了，不会再有将来。"

二〇〇九年七月，我辞去出版集团副总经理的职位，来到中国外文局海豚出版社工作。记得在调转过程中，有一次在京与沈昌文、吴彬、扬之水、柳青松、张国际等小聚，他们问："如果你真的来京，有何打算？"我说："继续追随沈公编书。"他们说："记住，这可是你说的啊！"

是我说的，这也是我的真心话。不瞒您说，我做出版已近三十年，长期以来，总有一个"阴影"在我的心中挥之不去。那就是我一直觉得，此生编书，我可能永远也无法超越沈昌文先生的水平。这样的想法已经深深地根植于我的心底，使我形成一种习惯，每当我策划一种新选题的时候，我会自觉不自觉地扪心自问：如果是沈先生，他会怎么做呢？所以当时光老去、人颜渐改的时候，我急着回归出版，实在与沈昌文先生的存在大有干系！

说白了，跟沈公做书是一件非常有趣的事情。每每回忆起来，常常会让人产生某种宗教式的痴迷：博学、广识、机智、藏拙、低调、幽默、坚忍、包容、厚道、儒雅、个性、老道、轻松、淡定……总之，沈公有很多超人之处，都值得我们学习和追随。在这里，我无意于把它们一一表述出来。追溯二十年交往，有三个最深的感受，即安全、快乐和吉祥。我记述如下，权做一点标记。

首先是"安全"。有观点说，出版属于政治上的"高危行业"，最容易犯错误。多年来与沈先生合作，编书数千种，一直平安无事，绝不是偶然。以沈先生五十年出版经验，他已经把书的事情研究透了。比如说到"韬奋精神"，他一再强调现在的宣传有些扭曲。韬奋先生强调的是"头可杀而我的良心主张，我的言论自由，我的编辑主权，是断然不受任何方面任何个人所屈伏的"。但如何做到这一点，就有方法与路径的不同了。当沈先生出任三联书店总经理的时候，范用先生主张出版全本巴金《随想录》，把香港报纸所删的部分全部恢复，"执行韬奋精神就该如此"；他还说"上面问起来，直接找我"。沈先生自认没出息，不肯"就范"。他曾经有些委屈地说，自己与范用的观点，在骨子里是一致的。但还是主张走陈原先生的路，遇事多转几个弯，钝刀子割肉，有什么不好呢？所以在编《万象》杂志时，他反复强调审稿要慎重，不能把惹来的"板子"打到俞晓群的屁股上。他说"我们可以犯一些不伤筋动骨的小错误"；我们继承当年廖承志先生提出的"小骂大帮忙"的方法，效果会更好些。

沈昌文先生这样的观点，在审读黄仁宇先生的一篇文章时，尽显无遗。他在审稿意见中写道："黄作甚佳，他基本上为我们大陆的事业叫好，只是语言与论据与时贤不同而已。对于这类不同，如果还容忍不了，以后大概没法做事了。我改了一些。现传上有改动的六张原稿。请阅。这种改法，是我在《读书》上常用的。不过也许因此，让人们不大高兴。这当然只是把'右派'的真面目掩盖一下而已——照他们的说法。"

我从"骨子里"非常接受沈昌文先生的做事方法。志同道合，最重要的是生存方式和人生态度的认同，不同的人生观，一定会带来不同的生存形式，它们却未必会影响人生结局的殊途同归。

其次是"快乐"。庄子曾经说过一句话："寿则多辱。"那么，人老了，最大的屈辱是什么？是衰弱，是病痛，是丧失关照，是老无所养，更是孤单与寂寞？周作人先生为此叹息过，张中行先生为此写过许多伤感的文章。同时，张先生的老年生活也为我们建立一个例证：一个人的老年生活安排得如何，最能反映他的人生智慧。如所知，张中行先生的晚年生活是辉煌的，据说当他最后不能行动时，有记者采访他，老人神智清楚，但无法以言词应对，只在纸上写了这么一句话：想不到老年时期就这么过去了。

我与沈先生交往，正处在他的"老年时期"，不过他展示给我们的却是"寿则多乐"。我觉得，他快乐的最成功之处，就是使别人快乐，尤其是年轻人都喜欢他。找他喝咖啡的人不断，找他吃饭的人不断，找他出主意想办法的人不断，所以他不会寂寞。再加上他早年从蒋维乔先生那里学会的"小周天"，自我修炼之余，家中又有他的夫人白大夫监护，身体很好，老年自然不会"多辱"。我问他窍门何在？他乱说一通，我总结出三点。

一是低调，什么都敢承认"不懂"，不怕掉价。其实关于书与人的事情，他几乎无所不知；他还懂日、俄、英等多门外语。即使遇到真不懂的事情，他也会运用"谈情说爱、贪污盗窃"等手段，很快弄清楚。看到沈公口吐"不懂"时的表情，总会让我想起老版《射雕英雄传》中，秦煌先生扮演的周伯通，那充满稚气的眼神，那双手互搏时的傻气，那见到心爱女子闪烁不定的目光，还有那至高无上、至深无下的功力，实在让人喜爱不禁。

二是秘书风格，沈公行为貌似随便，实际上细心得很。比如聚会，他不但做到整体不冷场，还要关心到每一个人都不受到冷落。甚至点菜这样的小事，我愿意让沈公代劳，他会考虑到许多细节，比如每个人的好恶、男女饮食的差异、买单者的状况等，都会在他的菜单上反映出来。

　　三是谨慎，从前我一直觉得依照沈公的资历，依照他的性格，接人待物会很放得开。细观其日常行为，我发现他是一位极其谨慎的人。他的发言总是那样宽容，不肯说别人的坏话。他经常会在网上潜水，关心各种动态，尤其是人们对他的评价。那次《读书》换帅风波"，有人对他说三道四，我去北京看他，他好像没生气，还不断在用别人攻击他的话调侃；但在三联附近一家饭店吃饭时，他却下意识地关上门，说话也放低一些声音，让我想到"文革"时期；不过只是一会儿，他就缓过神来，又与店内熟人打招呼，又恢复了往日的朗声谈笑。

　　当然，沈公最可爱之处，还是他独有的"灰色幽默"。例子太多，以往我也说过不少。比如一九九八年沈公做白内障手术，手术当天我们要去医院给他献花，他回话说："我已回家，下午就可以出来。鲜花就不必了，鲜饭倒可以考虑。"不久他的眼睛好了，我问沈公："这回能看清东西了，心情好多了吧？"他说好什么呀，过去看一位女士脸上很光滑，很好看；这回治好眼睛，连她脸上的几颗雀斑都可以数清楚了，多遗憾啊！

其三是"吉祥"。人常言："老人是家中宝。"有老人在，你才能保持一份纯正的童心，你才能遇事时有所倾诉，你才能孝有所为。社会也是由一个个"家庭"组成的，沈公，以及他们那一辈中的陈翰伯、陈原、宋木文、刘杲、范用、刘硕良……不就是我们一个个出版家庭中的"老人"么！能请一位老先生来到你的"出版之家"中，多吉祥啊！他的学识、他的经验、他的资源、他的号召力和亲和力等等，哪一点不是我们渴求的呢？

最后说明。我与沈先生合作多年，他帮我找过许多大作家、大学者，编过许多好书，我却始终无缘出版沈先生自己写的著作。他的《阁楼人语》，其中似乎有争议，他怕给我惹麻烦，被作家出版社出版了；他的《书商的旧梦》和《最后的晚餐》，被陆灏、王为松先生收入"海上文库"；张冠生先生整理的《知道——沈昌文口述自传》，也拿到花城出版社去了。今年，梁由之先生帮助我组织选题，他提议出版"三老集"，为同是八十岁的沈昌文、钟叔河、朱正三位先生各编一本小集。我欣然接受，就去找沈公商量，希望他能把拟在台湾大块文化出版的《回忆录》给我。沈公说如果出大陆版，还是在三联吧，他毕竟是三联书店恢复后的第一任总经理。但是沈公答应为我们另外整理出一本集子，便是本册《八十溯往》的由来。书稿成后，沈公请我写序，我连声说不敢。沈公笑着说，我已经给你写过四个序了，来而无往非礼也。闻此言，我只好从命。

是为跋。